괴물 포식자

괴물 포식자 4
철순 장편소설

초판 1쇄 찍은 날 § 2016년 7월 19일
초판 1쇄 펴낸 날 § 2016년 7월 26일

지은이 § 철순
펴낸이 § 서경석

편집책임 § 조현우

펴낸곳 § 도서출판 청어람
등록번호 § 제387-1999-000006호
등록일자 § 1999. 5. 31
어람번호 § 제1-2488호

주소 § 경기도 부천시 원미구 부일로 483번길 40 서경B/D 3F (우) 14640
전화 § 032-656-4452 팩스 § 032-656-4453
http://www.chungeoram.com
E-mail § chungeorambook@daum.net

ISBN 979-11-04-90899-6 04810
ISBN 979-11-04-90817-0 (세트)

4

괴물 포식자

도서출판 청어람

철순 장편소설

FUSION FANTASTIC STORY

괴물 포식자

Contents

제1장

가이아의 사제

이서윤의 집에 도착한 윤태수가 저택 안으로 들어왔다. 연구실로 걸음을 옮기던 윤태수는 발걸음 소리를 듣고 모퉁이 쪽으로 걸어가며 소리쳤다.

"형님!"

발걸음 소리가 묵직한 것에 당연히 신혁돈이라 생각하고 소리친 것이었다. 한데 엉뚱한 목소리가 모퉁이 너머에서 들려왔다.

"예?"

다른 손님인가?

생각하며 모퉁이를 향해 걸어갔고, 곧 대답한 사람을 만날 수 있었다.

'아니, 저 사람이 왜 여기에?'

머릿속 생각과는 다르게 윤태수가 고개를 끄덕이며 인사를 건넸다.

"안녕하십니까."

"아, 예, 안녕하세요."

어색한 인사가 오감과 동시에 윤태수가 물었다.

"여긴 어쩐 일로 오셨습니까?"

이남정은 관리국 사건과 팀장이다.

즉 좋은 일로 움직일 사람은 아니란 뜻이었고, 그런 양반이 이서윤의 집을 혼자 돌아다니고 있으니 의심을 살 수밖에 없는 상황이었다.

취조를 하는 듯 치켜뜬 윤태수의 눈에 이남정은 양손을 저으며 말했다.

"신혁돈 씨를 따라왔습니다. 그… 여자 분한테 허락도 받았습니다. 집 돌아봐도 좋다고요."

이남정은 이서윤의 이름을 떠올리기 위해 머리를 굴려봤으나 자신의 이름만 말했을 뿐, 그녀의 이름을 들은 적이 없었다는 걸 깨달았다.

심지어는 신혁돈의 입에서도 나온 적이 없다.

이남정이 이서윤의 이름을 떠올리는 사이 윤태수의 눈에서 적개심이 사라지고 의구심이 차올랐다.

"혁돈 형님이랑 같이 말입니까? 왜요?"

대답해도 되나?

신혁돈이 윤태수와 함께 다니는 모습은 많이 봤지만 얼마나 신용하고 있는지는 알 수 없다.

만약 이남정의 생각보다 신뢰하는 사이라면 자신이 말하지 않더라도 신혁돈이 말해줄 것이다. 그 반대라면 말하지 않는 편이 맞고.

판단을 내린 이남정이 대답했다.

"그건 제가 대답할 문제는 아닌 것 같습니다. 혁돈 씨에게 물어보시죠."

윤태수가 이남정의 얼굴을 물끄러미 바라보았다.

관리국 사건과와 신혁돈이 함께할 만한 일이면서 자신에게 숨겨야 할 만한 일.

몇 초 고민하지도 않고 답이 나왔다.

"텐구에 관한 일입니까?"

윤태수의 말이 끝나자마자 이남정의 얼굴에 당혹이 서렸다.

말 대신 얼굴로 대답을 한 것을 확인한 윤태수는 이남정이 말을 하기도 전에 고개를 끄덕이고선 말했다.

"텐구와 관리국 사건과라… 뭐, 형님도 생각이 있으시겠지. 알겠습니다."

"예, 형님… 아니, 혁돈 씨에게 물어보시면 자세히 말씀해 주실 겁니다."

'자세히'라는 말에 윤태수가 헛웃음을 터뜨렸다. 이남정이 왜 웃냐는 표정으로 봤지만 윤태수는 대답 대신 제 할 말을 했다.

"둘러보셔도 별거 없을 겁니다."

"예, 개판이네요."

"집 주인 성격이 좀 그래서……."

이남정이 깊이 수긍한다는 듯 고개를 끄덕였다.

다시 한 번 웃음을 터뜨린 윤태수가 이남정에게 악수를 건넸다.

"제대로 소개나 하죠. 전 패러독스 소속 윤태수입니다."

"관리국 사건과 팀장 이남정입니다만… 앞으로는 어떻게 될지 모르겠습니다."

신혁돈과 이남정이 무슨 일을 꾸미고 있는지는 몰라도 텐구에 관한 것이라면 관리국에서 승인을 내줄 리가 없다.

그들은 안정과 돈을 추구하는 집단이기 때문이기에 돈도, 안전도 보장되지 않는 텐구와 엮이고 싶어 하지 않을 것이었다.

자신의 추리에 만족한 윤태수는 이남정의 손을 놓고 말했다.

"그럼 조금 이따 뵙죠."

"예."

윤태수가 뒤돌아 연구실 쪽으로 걸어갔고 이남정은 그의

뒤통수를 바라보았다.

'형님이라…….'

실수긴 했지만 신혁돈을 형님이라 불렀다.

어색하면서도 위화감 없는 호칭이 혀끝에서 맴돌았다.

*　　*　　*

와하하하!

TV의 깨끗한 음질이 아닌, 스마트폰 특유의 작은 스피커에서 울리는 웃음소리가 윤태수를 맞이했다.

연구실에 들어선 윤태수는 스마트폰으로 예능을 보고 있는 신혁돈의 뒤통수와 이서윤을 한 번씩 바라본 뒤 신혁돈에게 말했다.

"…또 그거 보고 계십니까?"

신혁돈은 고개를 끄덕이는 것으로 인사와 대답을 대신했고, 윤태수의 목소리를 들은 이서윤이 벌떡 일어나서 소리쳤다.

"저 사람 좀 데리고 나가요!"

윤태수는 어깨를 으쓱였다.

"제가 힘이 어디 있다고 형님을 데리고 나갑니까?"

이서윤은 어지간히 스트레스를 받았는지 평소와 다르게 방방 뛰면서까지 울분을 토했다.

"내가 저 사람 때문에 일을 할 수가 없어! 자기가 사흘 안에 끝내라 해놓고 방해를 하는 게 말이나 돼? 그게 사람 된 도리로서 할 일이야?"

그녀의 모습에 윤태수가 피식 웃음을 터뜨렸다.

"귀여운 면이 있으십니다."

윤태수의 반응이 더욱 화를 돋우었는지 이서윤은 쌍욕을 뱉기 시작했고, 윤태수는 방법을 강구했다.

"형님, 가이아 이야기를 여기서 해도 됩니까?"

그제야 신혁돈이 몸을 일으켰다. 그 모습을 가만히 지켜보던 이서윤이 소리쳤다.

"옆에서 지켜야 된다면서요!"

"태수 왔잖아."

말을 마친 신혁돈은 윤태수와 함께 연구실을 나섰다.

이서윤은 둘의 뒷모습에다가 가운뎃손가락을 올려주었다. 그것으로 모자랐는지 입에 담기 힘든 욕설을 퍼부어댔다.

연구실을 나선 윤태수가 뒤를 힐끔 돌아본 뒤 물었다.

"혹시 서윤 씨 부모님 욕이라도 했습니까?"

"아니."

"그럼 왜 저런답니까?"

"성격이 문제지."

이서윤의 성격이 좋은 편은 아니라지만 저런 식으로 욕을 하는 데는 필히 이유가 있을 것이었다.

중요한 것은 아니었기에 고개를 휘휘 저어 잡생각을 떨친 윤태수가 주방 쪽을 가리키며 말했다.

"맥주나 한 캔 드시죠."

"그래."

주방에 도착한 윤태수는 자기 집처럼 냉장고를 열었다.

"아니, 무슨 컵라면을 냉장고에 넣어놔?"

커다란 양문형 냉장고 안에는 컵라면이 가득 들어 있었다. 헛웃음을 흘린 윤태수가 냉동고를 열어보았다.

"얼씨구?"

냉동고에는 소주가 가득 차 있었다.

"아니, 무슨……."

다른 술이 없나 찾아봤지만 온통 소주뿐이었다.

한숨을 쉰 윤태수는 냉장고를 닫으며 말했다.

"소주라도 드시렵니까?"

"됐다."

윤태수 또한 대낮부터 소주 생각은 없는지 정수기에서 물 두 잔을 따라 신혁돈의 앞에 앉았다.

"홍서현이라는 여자가 가이아의 축복이라는 스킬을 씁니다. 축복 앞에 대지라던가, 바람이라는 단어가 붙긴 합니다만 큰 틀은 변화가 없습니다."

신혁돈이 물을 한 모금 마시며 고개를 끄덕이자 윤태수가 말을 이었다.

"그것 말고 이상한 점은 없었습니다만, 뭔가를 아는 눈빛이었습니다."

신혁돈은 손가락으로 테이블을 톡톡 두들기다 말했다.

"가이아와 연관이 있는 게 확실한가?"

"확신까진 아니고, 의심 정도입니다."

"만나서 물어봐."

"알겠습니다."

테이블을 톡톡 두들기던 신혁돈의 손가락이 멈추었다. 그리고 미간을 구긴 채 짜증스러운 표정을 지었다.

윤태수가 의아한 표정을 지은 순간.

"하나가 아니었군."

"예?"

"비응주구."

신혁돈이 자리에서 일어서며 말을 이었다.

"다른 길드원들은 어디 있지?"

"집에서 쉬고 있을 겁니다."

"여기로 모이라고 해."

"흠… 알겠습니다."

이유가 궁금하긴 했지만 신혁돈이 짜증을 부릴 정도면 사소한 일은 아닐 것이다.

게다가 비응주구가 연관되어 있다면 더욱.

대답을 한 윤태수가 연락을 위해 핸드폰을 꺼내들자 신혁돈은 주방을 나섰다.

정원으로 나온 신혁돈이 휘파람을 불었다.

그러자 이서윤의 개들과 놀고 있던 도시락이 삐약거리며 신혁돈에게 날아왔다.

개들과 놀기 위해 크기를 맞춘 것인지 대형견 크기를 하고 있는 도시락은 헥헥거리며 신혁돈의 주위를 맴돌았다.

"…개냐?"

"깍깍!"

부정의 의미인지 날개까지 퍼덕였지만, 헥헥대는 모습이 영락없는 개였다.

혀를 한 번 찬 신혁돈은 손가락을 들어 한 방향을 가리키며 말했다.

"저쪽에 검은 옷을 입은 사람 하나가 숨어 있다. 죽이지 말고, 제압해서 데려와."

꽤나 긴 명령이었지만 진화한 덕인지 머리가 좋아진 도시락은 고개를 끄덕이며 신혁돈이 손짓한 방향으로 날아갔다.

도시락이 날아간 방향을 본 신혁돈은 반대 방향으로 달려갔다.

비응주구 구십일은 이서윤의 저택이 보이는 위치에 차를 대놓고 집을 바라보고 있었다.

감시 대상의 등급은 5.

비응주구 내에서는 타겟의 등급을 1부터 7까지 나누는데 5등급이면 어지간한 길드의 마스터급이었다.

하지만 그가 받은 명령은 접촉 없는 철저한 감시.

아무리 감시 대상의 등급이 5등급이라 한들 접촉이 없다면 위험할 것도 없다.

그렇기에 별 긴장을 하지 않은 채 저택을 지켜보고 있었고, 중간중간 여유도 부릴 수 있었다.

이를테면 화장실을 간다던가 하는.

'저번 임무에서는 화장실도 못 갔었지…….'

그때를 회상한 구십일은 몸을 부르르 떨고선 지퍼를 올렸다. 그리고 다시 이서윤의 저택 쪽으로 고개를 돌린 순간.

"샌가?"

한데 이상하다.

멀리 있는 물체가 가까이 다가올수록 커지는 건 당연한 일이다. 한데 너무 빠르게 커지고 있다.

마치 새가 날아오면서 덩치를 불리는 듯했다. 혹은 엄청난 속도로 날아오거나.

난생 처음 보는 광경에 구십일은 미간을 찌푸렸고 곧 깨달았다.

'엄청난 속도로 날아오면서 덩치가 커지는구나……?'

결론을 내린 순간.

"젠장!"

두 쌍의 날개와 열 개의 붉은 눈을 가진 거대한 새가 구십이를 향해 발톱을 들이밀었다.

구십일은 화들짝 놀라며 발톱을 피했고, 그 순간 검을 뽑아들어 새의 발톱을 후려쳤다.

깡!

쇠붙이와 생물의 발톱이건만 오히려 발톱을 친 검의 날이 상하고 손이 저려온다.

"무슨……?"

"까아아악!"

발톱을 얻어맞은 것이 화가 나는지, 새는 우렁찬 포효를 지르며 다시 한 번 날아들었고, 구십일은 몸을 날렸다.

하지만 새는 그대로 달려드는 것이 아닌 구십일 앞에서 날갯짓을 하며 정지 비행을 하며 한 템포 쉬었다가 달려들었다.

구십일의 동공이 거대한 새의 그림자로 가득 찬 순간.

도시락이 구십일을 낚아챘다.

*　　　*　　　*

윤태수가 찾아와 신혁돈이 지하실에서 자신을 부른다 했을 때는 묘한 긴장이 들었었다.

신입 시절 선임이 부르면 잘못한 것 하나 없으면서도 괜히 긴장을 하며 찾아가게 되는 그런 기분과 비슷했다.

한데 지하실에 도착해보니 신혁돈이 세 사람을 두 손에 나누어 들고 있었다.

제압이 끝난 것인지, 아니면 얻어맞고 기절한 것인지 피투성이인 세 사람은 정신을 잃은 채 축 늘어져 있었다.

턱! 턱! 턱!

신혁돈은 세 명의 비응주구를 차례로 집어던지며 말했다.

"심문해."

"…어디서 나신 겁니까?"

"요 앞."

대답하는 모습만 봐서는 동네 슈퍼에서 아이스크림을 사온 모양새다.

이남정은 허, 하고 헛웃음을 흘리고선 세 명을 묶었다.

그리곤 그들의 검에 쓰여 있는 숫자를 보고 말했다.

"이놈들은 90번대 입니다. 번호가 검에 쓰여 있는 놈들은 뭐고, 이마에 쓰여 있는 놈들은 뭡니까?"

"오십 위로는 이마에, 아래는 검에."

단순한 법칙.

전에 신혁돈이 싸웠던 이가 오십이었으니 그보다 약한 이들은 이마에 숫자가 쓰여 있지 않다는 뜻이었다.

천천히 고개를 끄덕이던 이남정이 물었다.

"저 혼자서는 몇 번 정도까지 상대가 가능할 것 같으십니까?"

"64."

한 치의 망설임도 없는 대답에 이남정이 다시 고개를 끄덕이다 물었다.

"그런데 64면… 얼마나 강한 건지 알려주실 수 있으십니까?"

"너 정도."

신혁돈은 자신의 대답에 얼빠져 있는 이남정을 뒤로한 채 지하실을 벗어났다.

"나 정도면… 얼마나 강한 거지?"

홀로 남은 이남정은 바쁘게 손을 움직이면서도 고개를 갸웃거렸다.

마이더스 길드 마스터 사무실.

"텐구에서 메일이 왔습니다."

정보부장 이태혁의 말을 들은 마이더스의 길드장 공윤호의 미간이 찌푸려졌다.

"메일? 편한 전화 두고 무슨 메일?"

"보안상의 이유가 아닐까 싶습니다만, 그게 중요한 게 아닙니다."

이태혁은 출력해온 메일의 내용이 담긴 파일을 공윤호에게 건넸다.

공윤호가 파일을 읽는 사이 이태혁이 말했다.

"보시면 아시겠지만 최태성을 죽인 놈이 신혁돈 맞답니다. 이유는 개인적인 원한이고, 그런 놈이 지금 더 가드랑 붙어먹고 우리를 견제하고 있는 겁니다."

공윤호는 대답 대신 눈동자를 빠르게 굴렸다. 곧 파일을 모두 읽은 공윤호는 격분하고 있는 이태혁에게 물었다.

"증거는?"

"…예?"

"무슨 정보부장이라는 놈이 증거도 없이 사람을 잡으려고 그래? 신혁돈, 그 새끼 준비성 못 봤어? 최태성이 아무리 막 나가는 새끼라지만 자기 관리는 철저한 놈이었어. 그런 놈을 영상 몇 개로 잡아다가 묻어두고 정신머리 쏙 빼놓은 다음에 지 손으로 명줄 끊은 놈이 신혁돈이야. 그런 놈 잡으려는데 증거도 없이 잡겠다고?"

정보부장의 시선이 공윤호의 얼굴에서 파일로 떨어졌다. 그 사이 공윤호가 말을 이었다.

"여기서 소름 돋는 건, 자기 손으로 최태성을 죽였다는 거야. 즉 처음부터 최태성보다 한 수 위에 있었고, 언제든 죽일 힘을 가지고 있는 상황인데 바로 죽이지 않고 사회적으로, 인간적으로 매몰을 시킨 다음에 죽였다고. 그런 놈 잡다가 한 끗이라도 실수하면 어떻게 될 거 같아?"

정보부장은 입술을 씹으며 말했다.

"큰일 나겠죠."

"큰일로 끝나면 다행이지. 텐구 지원은 끊길 테고, 그럼 우린 그대로 쪽박 차는 거야."

마이더스 길드장은 뽑기로 뽑은 게 아니라는 듯 공윤호가 빈틈을 날카롭게 지적했다.

이태혁이 대답이 없자 공윤호는 담배에 불을 붙이며 물었다.

"정말 아무 생각 없이 듣고 온 거야? 최태성이 복수하자고?"

반박할 여지없는 말에 입을 다물고 있던 정보부장이 그제야 입을 열었다.

"그건 아니죠. 한데, 길드장님 말을 들어보니까… 언제라도 뒤집을 수 있을 정도로 빈약한 증거라……."

공윤호는 그대로 소파에 기대 생각에 잠겼다. 그리고 담배가 필터까지 탈 무렵 고개를 들었다.

"솔직히 나는 최태성이 복수에 관심이 없거든. 그런데 신혁돈이라는 인간한테는 궁금증이 생긴단 말이야."

"예."

"태혁아, 생각해 봐라. 갑자기 왜 텐구가 우리한테 정보를 제공했을까? 그것도 신혁돈에 관한 정보를."

이태혁의 머릿속에 수많은 정보가 오갔다.

그 속에는 신혁돈이 스무 명의 비웅주구에게 습격당했고, 그들 중 하나를 생포하는 데 성공했다는 정보가 있었다.

"우리 보고… 칼을 쥐라는 소리일 수도 있겠군요."

"태혁이 머리가 이제야 돌아가네. 최태성이 복수 생각은 그쯤하고, 이성적으로 생각해 봐라. 텐구에서 실패한 걸 우리가 딱 해결해 준다. 그럼 좋지?"

공윤호의 말에 이태혁이 머뭇거리며 되물었다.

"그럼이야 좋습니다만, 가능하겠습니까? 방금 길드장님이 말씀하신 것만 들어도 신혁돈을 건드리고 싶은 마음이 없어지는데요."

이태혁이 천천히 고개를 끄덕였다.

공윤호의 말대로 이성적으로 생각하자 큰 그림이 보였다.

머리가 맑아지자 얼마 전 크게 이슈가 된 패러독스의 길드원까지 떠올랐다.

전원이 4등급 이상의 실력을 가지고 있을 것 같다는 뉴스.

물론 거품이 낀 것을 감수하더라도 최소한 3등급은 된다는 뜻이었다.

지금 상황에 신혁돈을 치는 건 무리다.

"길드장님, 게다가 신혁돈은 패러독스라는 길드도 있습니다. 모두가 3등급 이상으로 구성된 길드가……."

공윤호가 그의 말을 끊으며 말했다.

"우린 공격대 하나가 3등급이다 인마, 거기에 4등급만 열이고. 무력으로는 지고 싶어도 질 수가 없다. 문제는 그놈이 가진 빌어먹을 새지."

이태혁의 고개가 모로 꺾였다.

"…방금까지 신혁돈 건드리면 안 된다고 저를 설득하려 하셨던 거 아닙니까?"

공윤호는 고개를 끄덕였다.

"맞는데 다르지. 복수를 하면 안 된다는 거고, 내가 말하는 건 신혁돈과 함께 더 가드까지 치자는 거야. 둘이 동맹을 맺었으니 충분히 타당성이 있는 소리지. 그리고 텐구 또한 우리가 어서 성장해서 더 가드를 제치길 원할 거 아니야."

"그건 그렇습니다만……."

"그 둘을 치기 위해 텐구의 지원을 받자는 거야. 지원을 받아 신혁돈을 제거하고 더 가드를 주춤하게 하는데 성공한다? 텐구 기분도 좋아지고, 우린 지금보다 많은 지원을 받을 수 있겠지."

공윤호는 뒷말을 생략했다.

만약 실패한다면?

텐구의 지원은커녕 가진 것마저 모두 잃고 다신 일어서지 못할 것이었다.

공윤호는 이태혁의 망설임을 읽었는지 목소리를 깔며 말했다.

"하이 리스크 하이 리턴! 많은 것을 걸어야 많은 것을 얻을 수 있지. 지금처럼 깨작거리다가는 그저 그런 길드가 돼서 무너지고 만다."

이태혁이 숙이고 있던 고개를 들어 공윤호의 눈을 올려보았다.

그는 벌써 모든 작전이 성공한 듯 탐욕이 가득한 눈으로 이태혁을 내려다보고 있었다.

“예… 해봅시다. 한번 죽이 되든 밥이 되든… 다 태워서 집까지 말아먹든 한번 해봅시다.”

이태혁이 결정하자 공윤호가 손을 내밀었고 두 사내가 손을 맞잡았다.

* * *

어느새 해가 지고 패러독스의 길드원 모두가 이서윤의 집에 모였다.

이서윤과 이남정도 한자리에 모이자 신혁돈이 이남정에게 물었다.

“성과는?”

“없습니다.”

그럴 줄 알았다는 듯 신혁돈은 실망한 기색 없이 말을 이었다.

“텐구가 90번대 비응주구들을 파견해 우리의 감시를 시작했다. 오늘 낮에 넷을 처리했고, 너희를 따라온 게 여섯이다. 총 90번대 전원을 패러독스 감시에 투자했다는 뜻이다.”

신혁돈은 이남정을 턱짓으로 가리킨 뒤 말했다.

“붙잡은 넷을 여기 있는 이남정이 심문해 보았으나 아는 것은 없다. 그들이 받은 임무는 ‘절대 접촉 금지, 감시만 할 것’이다. 즉 지금 당장은 텐구가 우리를 건드릴 생각이 없다는 거지.”

그때 고준영이 손을 들고 물었다.

“왜 그렇습니까?”

이 질문에는 윤태수가 대답했다.

“우리를 잡기 위해 비응주구 전체를 투자할 수가 없다는 게 첫 번째 이유. 텐구는 지금 길드간 세력전을 펼치고 있는데 여기에 높은 등급의 비응주구들이 투입되고 있기 때문이죠. 세력전은 올마이티라는 길드와 펼치고 있는데, 여기서 올마이티는…….”

신혁돈이 손을 들어 윤태수의 말을 끊었다.

“중요한 것만 이야기 하지. 어쨌거나 오늘 네 명이 당한 이상 비응주구 놈들은 더욱 조심할 것이고, 우리는 그 감시 속에서 일을 진행할 거다.”

말을 마친 신혁돈이 이남정을 가리켰다.

“그전에, 텐구를 무너뜨릴 때까지 객원으로 들어온 이남정이다.”

이남정이 자리에서 일어서 인사했다.

“객원이라… 예, 일본의 텐구 길드를 지구상에서 없앨 때까지 패러독스 객원 길드원으로 함께할 관리국 사건과 팀장 이남정입니다. 잘 부탁드립니다."

무슨 상황인지 파악하지 못한 이들은 박수를 쳐야 할 타이밍을 놓쳤고 결국 이남정이 자리에 앉고서야 환영한다는 말 한두 마디가 오갔다.

"내가 말한 '일'이란 2차 각성이다."

2차 각성이라는 말에 방황하고 있던 이들의 시선이 신혁돈에게 집중되었다.

"옐로우 홀 A등급은 B등급과는 엄청난 차이가 있다. 괴물의 질도, 양도 엄청난 차이가 나지."

감이 오지 않는지 백종화가 머리를 긁적이다 물었다.

"다섯 번째 시련에서 만났던 언데드들 정도 됩니까?"

"개체 수는 그것들보다 적고, 각각의 능력은 강하다."

"그 정도면 할 만하겠네."

신혁돈의 말에 고준영이 홀로 중얼거렸다. 그리고 고준영의 말에 동의하는 듯 모두의 고개가 끄덕여졌다.

힘들긴 하겠지만 클리어하지 못할 정도는 아니다.

언데드 차원을 겪어보지 못한 이남정과 이서윤, 두 사람의 눈동자는 여전히 방황하고 있었지만 다른 이들이 이해하고 있으니 묻기도 뭐했다.

"중요한 것은 2차 각성 다음에 일어나는 일이다."

신혁돈의 말에 윤태수가 조용히 말했다.

"화이트 홀……."

붕괴된 차원문과 같이 괴물을 뱉어내는 흰색 차원문을 일컫는 말이다.

옐로우 홀 A등급 차원문이 붕괴됨과 동시에 세상에 모습을 나타내 수많은 괴물을 지구에 쏟아 낼 것이다.

첫 몬스터 브레이크와 같은 혼란을 가져올 재앙.

가만히 듣고 있던 백종화가 물었다.

"옐로우 홀 A등급을 클리어하면 화이트 홀이 열리잖습니까? 그럼 그전에 화이트 홀이 열린다는 사실을 전 세계에 알리고 막을 방법을 강구한 뒤에 클리어해야 하지 않겠습니까?"

맞는 말이다.

하지만 누가 이 말을 믿어줄 것인가?

하루에도 수십, 수백의 차원문이 생겨나고 클리어된다.

거기서 발생하는 부가가치는 엄청나며 더 높은 등급의 차원문일수록 더 비싸고 값진 부산물이 나온다.

그렇기에 수많은 길드들이 더 높은 차원문을 공략하기 위해 노력하고 있는 와중에 과연 일개 길드의 말을 믿고 공략을 멈추어줄 것인가?

멈추는 순간 자신들은 도태된다는 것을 알면서도?

말도 되지 않는 소리다.

그렇기에 신혁돈이 선택한 것은 타협이다.

"너라면 믿을 건가? 화이트 홀이 나타난다는 것을?"

백종화가 혀를 찼다.

자신이라도 믿지 않는다. 아니, 그렇다 한들 그때 가서 대처해도 된다는 생각을 하겠지.

겪어보지 않았으니까.

물론 몬스터 브레이크를 겪은 이들은 다를 수도 있다.

하지만 대세를 뒤집을 수 있을까?

백종화의 눈에 회의가 서렸다.

그때 신혁돈이 말했다.

"화이트 홀이 생기기 전에 나타나는 징조가 있다."

"뭡니까?"

"자연적으로 퍼져 있는 에르그 에너지들이 한군데로 모이지."

"그걸 탐지할 수 있는 사람이……."

백종화의 말이 끝나기도 전에 신혁돈이 말했다.

"더 가드의 마스터, 조훈희."

"그 사람이 그런 능력이 있습니까?"

세간에 알려진 바로는 그저 메이지일 뿐 그런 능력은 없었다. 신혁돈은 당연하다는 듯 고개를 끄덕이고서는 말했다.

"조훈희와 더 가드를 이용해 한국에 생기는 화이트 홀을 전부 막아낸다. 물론 다른 나라에도 화이트 홀이 생긴다는 것과 막는 방법은 알려줘야겠지."

미리 정보를 제공하는 것만으로도 더 가드와 패러독스의 위용은 올라갈 것이다. 물론 처음에는 미친 사람 취급을 당하겠지만, 사건이 터지고 난 뒤에는 전 세계의 누구라도 이름만 들으면 알 수 있는 단체가 되는 것이다.

신혁돈의 말에 모두가 고개를 끄덕였다.

패러독스가 제일 먼저 옐로우 홀 A등급을 클리어하지 않는다 해도 누군가는 클리어할 것이고, 언젠가는 벌어질 일이다.

그것에 대해 피해를 최소화하면서도 이득을 볼 수 있다면?

총대를 메는 게 맞다.

모두가 이해한 눈을 하고 있자 신혁돈이 말을 이었다.

“3일 뒤, 옐로우 홀 A등급 차원문 공략에 들어간다. 그때까지 이 집 안에서 벗어나지 말도록.”

“넵.”

“예.”

대답과 함께 진지한 눈빛을 하고 있던 이들이 다시 흐리멍덩한 눈을 하고선 소파에 늘어졌다.

이서윤은 그들의 모습을 바라보고 헛웃음을 흘렸다. 도무지 종잡을 수가 없는 사람들이다.

그때, 신혁돈이 이서윤을 보고 말했다.

“아직도 있어?”

“예?”

“바쁠 텐데.”

이서윤은 도끼눈을 뜨고 신혁돈을 노려본 뒤 그의 얼굴을 향해 중지를 내밀어주었다.

그리곤 자신의 연구실로 향했다.

"하여간 성질하고는."

이남정은 혀를 차는 신혁돈의 뒤통수를 바라보곤 생각했다.

'당신 성격도 만만친 않은데……'

윤태수는 상의를 벗은 채 침대에 엎드려 누워 있었다. 이서윤은 그의 등에 새겨진 마법진 여기저기를 누르며 말했다.

"지금 증폭, 감쇄의 스킬 랭크가 어떻게 되죠?"

"둘 다 B랭크입니다."

윤태수의 대답을 들은 이서윤의 고개가 모로 꺾였다.

"진짜요? 저한테 높여서 말해봤자 떨어지는 콩고물 하나도 없어요."

"서윤 씨 말대로 거짓말해서 뭐합니까."

"근데 어떻게 그렇게 빨라요?"

"형님이랑 차원문 한 번 가니까 쭉쭉 오르던데요."

"흐음……."

이서윤이 의심서린 눈초리로 윤태수를 바라보았지만 윤태수는 누운 채로 어깨를 으쓱할 뿐이었다.

"스킬 한번 써 볼래요?"

윤태수는 말 대신 등의 마법진을 빛냈다. 흠 하는 소리와 함께 그의 등을 자세히 살핀 이서윤이 말했다.

"조금 더 세게."

윤태수는 곧바로 집중했지만 그의 마법진은 밝아졌다 어두워졌다를 반복할 뿐, 사냥할 때처럼 환하게 빛나지 않았다.

결국 한숨을 내쉰 윤태수가 말했다.

"뭔가 집중할 대상이 필요한데 말입니다."

"예를 들면?"

"뭐 집중할 만한 거면 뭐든 됩니다."

이서윤은 볼펜으로 자신의 턱을 톡톡 건드리다 윤태수의 손을 쥐었다.

"이것도 되나요?"

그러자 윤태수가 잡히지 않은 손으로 반쯤 몸을 일으켜 이서윤을 바라보았다.

"지금 뭐하는 짓입니까?"

"…짓?"

"왜 외간 남자의 손을 함부로……."

짝!

이서윤은 윤태수의 손을 놓고 그의 등을 후려쳤다. 마법진의 밝은 빛에도 등의 붉은 손자국이 훤히 보였다.

윤태수는 앓는 소리를 하며 다시 엎드렸다. 그리곤 아, 소리를 내며 말했다.

"고통을 감쇄시키면 되겠네."

말을 마친 윤태수는 눈을 감았고 곧 그의 등에 있는 마법진이 어지간한 전구보다 환한 빛을 뿜었다.

이서윤은 눈이 부신지 눈살을 찌푸리며 마법진을 살피다가 말했다.

“됐어요.”

“전 아직 아픈데요?”

“…한 대 더 맞을래요?”

“그런 플레이를 하기엔 아직 우리 사이가… 악!”

윤태수는 결국 등에 두 개의 손자국을 남기고서야 스킬 시전을 멈추었다.

“지나칠 정도로 건강하다는 게 문제라면 문제네요.”

“그럼 끝난 겁니까?”

“아뇨, 이제 새로운 마법진을 새겨봐야죠.”

몸을 일으키려던 윤태수가 다시 침대에 누우며 말했다.

“예, 그럼 잘 부탁드립니다.”

“그럼요. 어디에 새기고 싶으세요?”

“또 빛이 날까요?”

“어떤 결과가 나올지 장담할 수 없어요.”

“하여간 전문가란 양반이…….”

“입술에 새겨드려요?”

“팔뚝에 새길 수 있을까요?”

“실험용이라 작게 새길 거니까 별로 상관은 없지만, 만약 잘 작동한다고 가정했을 때 좀 더 넓은 면적으로 옮겨야 할 수도 있어요."

윤태수는 입술을 비죽이며 고민하다 고개를 끄덕였다.

"그냥 팔뚝에 하죠."

"예, 그럼 이쪽으로 누우세요."

이서윤이 마법진을 새길 장비들을 가져오자 윤태수는 긴장이 되는 지 입술을 꾹 깨물었다.

긴장한 윤태수를 본 이서윤은 헛웃음을 한 번 흘리고 진지한 표정을 하곤 말했다.

"그럼 시작합니다."

결과는 실패였다.

속성과 계열별로 총 11개의 마법진을 시도했으나 모두 마력을 받아들이지 못하고 실패했다.

"아마 메이지 계열에 재능이 아예 없으신 거 같아요."

윤태수는 내심 기대했는지 아쉬운 목소리로 물었다.

"남은 거 뭐 없습니까? 잡다한 거라도."

이서윤은 검지로 자신의 입술을 톡톡 두들기다 말했다.

"아공간?"

"그게 뭡니까?"

"4차원 공간이요."

"그러니까 그게 뭡니까?"

이서윤은 한숨을 내쉰 뒤 설명을 시작했다.

"간단히 말하면 1차원 점, 2차원 선, 3차원 면이죠. 여기까진 이해해요?"

"그 정도는 당연히 알죠."

"4차원은 면을 넘어 공간 그 이상의 개념을 포괄하는데……."

윤태수가 손을 들어 이서윤의 말을 끊었다.

"거기서부터 모르겠네요. 죄송합니다. 그냥 알아듣기 쉽게 설명해주세요."

"RPG 게임 해봤죠? 거기서 특정 키 누르면 인벤토리가 뜨잖아요? 그거라고 생각하면 간단해요."

수준에 맞는 설명에 윤태수가 오, 하고 탄성을 뱉은 뒤 말했다.

"그걸로 해봅시다."

이서윤은 고개를 끄덕인 뒤 컴퓨터를 뒤져 몇 개의 도면을 뽑아냈다. 그리고선 윤태수의 손등에 대고 밑그림을 그린 뒤 에르그 에너지가 서린 도구를 들고 마법진을 그려갔다.

"왜 손등입니까?"

"다른 데는 마법진을 그리다 실패해서 에르그 에너지가 불안정해요."

설명을 들어봤자 모를 것이기에 윤태수는 수긍했고 얼마 지나지 않아 마법진이 완성된 순간.

윤태수의 손등이 빛을 토했다.

"어? 됐네?"

윤태수가 감탄을 뱉는 사이 이서윤은 자신의 작품이 성공했다는 것에 놀라고 있었다.

"…그러니까 신용이 안 가지."

이서윤은 어깨를 으쓱이며 말했다.

"성공했으면 됐지. 말이 많아."

이서윤은 가운 주머니에서 볼펜을 꺼내 윤태수의 손등 마법진 위로 떨어뜨렸다. 그러자 볼펜이 사라졌다.

"오!"

"진짜 되네?"

"…제가 무슨 마루탑니까?"

"뭐 틀린 말은 아니죠."

"이젠 부정도 안 하네. 됐고, 이거 꺼내는 건 어떻게 합니까?"

"간절히 염원하세요."

윤태수는 미심쩍은 표정으로 이서윤을 한 번 노려본 뒤 마법진이 새겨진 손등에 손을 얹었고 곧 손끝에서 느껴지는 감각에 눈을 부릅떴다.

"된다!"

그의 손에는 마법진으로 빨려 들어갔던 볼펜이 들려 있었다.

윤태수는 아공간이 신기한 지 볼펜을 넣었다 뺐다 하며 실험을 하고 있었다.

"이거 에르그 에너지 소모가 장난 아니네. 뭐 없는 것보다야 낫지. 어쨌거나 주의해야 할 점 있습니까?"

"아공간에 생물은 넣으면 안 돼요. 어떻게 되는지 궁금하면 한번 넣어 봐도 되고. 마법진보다 큰 물건도 넣었다 빼는 게 가능해요. 설명 끝."

윤태수는 고개를 끄덕인 뒤 A4지 하나를 들고 넓은 면을 마법진에 대면서 속으로 '들어가라'를 외쳐보았다.

그러자 A4 용지의 형체가 일그러지며 마법진으로 빨려 들어갔다. 윤태수는 미간을 찌푸리며 A4를 다시 꺼내보았다.

"멀쩡하네."

윤태수의 머리가 팽팽 돌아가기 시작했다.

적이라면 예상도 하지 못할 아이템 주머니가 하나 생긴 것이다.

극단적인 예로 아차람의 구슬만 수십 수백 개를 넣고 다닌다면 윤태수는 일인 군단이라 불러도 손색이 없을만한 화력을 갖게 된다.

그보다 강한 소모성 아이템을 상황별로 구비해놓고 사용한다면?

다수 대 다수의 전투에서 어마어마한 활약을 보일 수 있을 것이었다.

윤태수가 꿈의 나래를 펼치고 있자 이서윤이 단호히 말했다.

"구겨지는 게 아니라 공간이 압축되는 거니까요."

윤태수는 천천히 고개를 끄덕인 뒤 말했다.

"감사합니다. 유용하게 쓰겠습니다."

"예, 그럼 다음. 일어나세요."

"…실험할 게 또 있습니까?"

"또 언제 올지 모르는 데 최대한 많은 자료를 뽑아놔야죠."

솔직한 대답에 윤태슈는 고개를 끄덕이곤 자리에서 일어났다.

"다시 한 번 풀 차지."

이서윤의 말에 윤태수는 감쇄를 최대한으로 발동시켰고 그의 등에는 빛의 날개와도 같은 빛무리가 생겨났다.

"와……."

그때, 어느새 연구실에 들어온 고준영이 입을 벌리고 탄성을 내뱉었다.

"그대로 움직여요. 최대한 빠르게."

윤태수는 고개를 끄덕인 뒤 연구실 내부를 뛰어다녔다. 얼마나 빠른 지, 그의 뒤로 빛의 잔상이 남을 정도.

"진짜 멋있네."

고준영이 부러움 가득한 탄성을 뱉었다. 그리곤 이서윤을 보고 물었다.

"난 저런 거 안 됩니까?"

"다시 태어나는 거 아니면 가망 없죠."

"…에라이."

고준영이 다시 윤태수를 향해 시선을 돌리자 이서윤이 물었다.

"태수 씨 구경하러 온 건 아닐 테고, 왜 오셨어요?"

그제야 여기 온 목표가 생각났는지 고준영이 아, 하곤 대답했다.

"태수 형님, 혁돈 형님이 홍서현 건 약속 잡으랍니다."

빛의 궤적을 남기던 윤태수는 고준영의 앞에 멈추었고 빛무리가 그가 움직인 길을 따라왔다.

고준영이 빛무리에게 시선을 빼앗긴 사이 윤태수가 말했다.

"지금?"

"예."

"그 양반도 참 대중없어."

헛웃음을 흘린 윤태수는 이서윤에게 살짝 고개를 숙이며 말했다.

"나머진 다음에 합시다."

"예, 아쉽지만 사장님 말씀인데 어쩔 수 없죠."

윤태수는 다시 한 번 고개를 끄덕인 뒤 신혁돈에게로 향했다.

고준영은 테이블에 기댄 채 윤태수의 등에 머물러 있는 빛무리를 바라보며 이서윤에게 말했다.

"하… 정말 안 됩니까?"

"예."

그녀는 단호했다.

*　　　*　　　*

일본.

비응주구의 은신처.

“마이더스의 길드장이 공조 요청을 했습니다. 자신들이 패러독스 길드를 무너뜨리고 더 가드를 기습해 마스터와 부 길드 마스터의 머리를 자를 테니 인원을 지원해달라고 합니다. 거절할까요?”

십(十)의 말에 일(一)이 고개를 저었다.

“아니, 수락해.”

일이 터무니없는 요구를 수락하자 십이 눈을 부릅떴다.

얼마 전, 일은 올마이티 길드 처리가 먼저기에 한국 쪽으로 뺄 병력이 없다고 말했었다.

지금의 말은 자신이 말했던 것과 정 반대되는 결정이었다.

“어째서인지 여쭈어도 되겠습니까.”

“올마이티가 주춤하는 지금이 복수를 할 수 있는 유일한 기회다. 지금 기회가 지나가면 언제 다시 기회가 찾아올지 몰라. 게다가 마이더스의 지원이 있다면 일이 더욱 쉬워지겠지.”

“…마이더스의 실력을 믿을 수 있겠습니까?”

“아니, 삼십을 믿는다.”

십의 눈이 휘둥그레졌다.

삼십.

일반적인 각성자가 아닌 암살과 뒷공작에 특화된 단체인 비응주구의 서른 번째 실력자.

그를 보내겠다는 것은 이번 기회를 놓치지 않겠다는 일의 결연한 의지가 느껴지는 결정이었다.

"알겠습니다."

십이 고개를 끄덕이며 대답하자 일은 턱을 괸 채 생각에 잠겼다.

의자 위에서 자세를 바꿔가며 고민을 이어갔고 곧 원래의 정자세로 돌아와 말했다.

"팔십부터 구십구까지도 보낸다."

"총 스무 명 입니까?"

"그리고 마이더스에게 전해. 병력을 나눠서 두 군데를 동시에 치라고."

"알겠습니다. 배치는 어떻게 하실 생각이십니까?"

"삼십이 신혁돈을 치고 나머진 더 가드를 친다. 삼십의 최우선 목표는 신혁돈의 전력 파악. 만약 상대할 수 없을 것 같으면 후퇴."

"그리 전하겠습니다."

십은 깊이 가라앉은 눈으로 명령을 받았다.

일은 결정했고 자신들은 따를 뿐이다.

그게 불가능한 명령이어도 그저 따를 뿐이었다.

이서윤 저택을 감시하고 있는 비응주구들에게 명령이 내려왔다.

"철수 명령이다. 구십팔을 제외한 나머진 철수한다."

명령에 이유를 묻는 이는 없다.

비응주구는 철저한 상명하복으로 돌아간다.

게다가 얼마 전 번장 한 명이 공을 세워보겠다고 명령에 불복했다가 사고를 친 적도 있었기에 더욱 심했다.

비응주구는 곧바로 철수했다.

*　　　*　　　*

윤태수가 들어오자 신혁돈이 일어서며 말했다.

"약속 잡았어?"

"예, 2시간 뒤에 인천으로 오라고 했습니다."

"그래."

"근데 왜 갑자기 약속을 잡으신 겁니까? 지금 저희가 자리 비우면 안 되지 않습니까?"

신혁돈이 고개를 저었다.

"비응주구 90번대들은 여기 있는 인원으로 충분히 커버 가능해. 그리고 무슨 일인지 몰라도 모든 비응주구가 떠나고 한 명만 남아 있다."

신혁돈의 말을 들은 윤태수는 거실을 둘러보았다.

그 흔한 TV 한 대 없이 테이블과 소파들만 어지러이 놓인 거실에 어디를 보아도 CCTV는 없었다.

"어떻게 아신 겁니까?"

신혁돈은 검지로 자신의 머리를 톡톡 건들었다.

"…천리안이 따로 없네. 그럼 하나 잡고 바로 출발합니까."

"그렇지."

윤태수는 천천히 고개를 끄덕이곤 창밖을 내다보았다. 각성을 했기에 범인을 뛰어넘는 시력을 가지고 있는 윤태수였지만 비응주구는커녕 창밖에 뛰노는 개들의 짖는 소리도 들리지 않았다.

'하여간 괴물이야.'

두 시간 뒤.

시간에 맞춰 윤태수가 찾아오자 신혁돈이 먼저 일어서며 말했다.

"시동 걸어 둬."

"예."

감시하고 있는 비응주구의 잔당을 처리하기 위해 먼저 나선 것이다.

신혁돈이 나가는 것을 본 윤태수도 차키와 외투를 챙기고 밖으로 나섰다.

그때, 신혁돈이 괴물로 변한 팔로 한 사람을 쥐고 정문으로 들어왔다.

"벌써 처리하신 겁니까?"

신혁돈은 대충 고개를 끄덕인 뒤 저택으로 들어가며 소리쳤다.

"이남정!"

그러자 연구실 쪽에서 이남정이 고개를 빼꼼 내밀었고 곧 신혁돈에 손에 들린 사람을 보고선 후다닥 달려왔다.

"심문할까요?"

"그래."

이남정이 신혁돈의 손에 들려 있던 사람을 받아가자 무슨 일인지 궁금했는지 이서윤이 고개를 내밀었다.

그리곤 빽 소리질렀다.

"이상한 거 들이지 말라니까!"

신혁돈은 대꾸도 하지 않은 채 뒤로 돌아 저택을 나섰다.

* * *

인천 외곽의 카페.

홍서현은 미리 도착해 있었다.

170㎝는 훌쩍 넘을 듯한 큰 키에 길쭉한 팔다리. 짧게 친

단발과 글래머러스한 몸을 부각시키는 짧은 치마와 딱 달라붙는 스웨터가 인상적인 여자였다.

신혁돈과 윤태수, 두 사람이 홍서현의 앞에 앉자 홍서현이 말했다.

"똑같이 생겼네요."

그러자 윤태수가 신혁돈을 바라보며 말했다.

"우리말입니까?"

"아뇨, 꿈에서 본 이미지랑 똑같아요. 신혁돈 씨죠?"

"맞는데, 꿈은 무슨 소립니까?"

홍서현은 대답 대신 앞에 놓인 아메리카노를 한 모금 마시고선 미소를 띠었다.

윤태수가 다시 물으려는 순간, 홍서현이 말했다.

"저는 가이아의 사제라는 클래스를 가지고 있어요."

"…사제 말입니까?"

"처음 듣는데."

홍서현은 당연하다는 듯 고개를 끄덕였다.

"전 세계에 가이아의 사제는 저 하나뿐이니까 그럴 수밖에요."

신혁돈이 미간을 찌푸렸다.

전 세계가 문제가 아니다.

15년 뒤의 미래에도 '가이아의 사제'라는 클래스는 없었다.

신혁돈이 만나지 못했을 가능성도 있지만 그의 곁에서 보좌하던 윤태수가 그런 중요한 정보를 모를 가능성이 없었다.

즉 가이아의 사제가 존재했다면 어떻게든 신혁돈의 귀에 들어왔을 것이다.

신혁돈이 팔짱을 끼며 물었다.

"가이아의 사제가 뭡니까?"

"말 그대로예요. 당신, 가이아가 누군지 모르는 건 아니죠?"

"질문에 질문으로 대답하는 걸 좋아하나 봅니다."

신혁돈의 가시 돋친 말에 홍서현은 어깨를 으쓱한 뒤 말했다.

"뭐 가이아에 대해서는 알고 계신다고 치고, 전 가이아가 정한 사제예요. 말 그대로 신을 모시는 사람이죠."

홍서현의 대답에도 신혁돈의 팔짱은 풀리지 않았다.

'내 행동이 가이아의 관심을 불러일으켰다?'

가능성이 없진 않았다.

하지만 그럴 것이라면 저번 삶에 가이아의 사제가 등장하는 게 맞지 않나?

신혁돈이 미간을 찌푸리고 있자 홍서현이 말했다.

"당신이 믿지 못하면 제가 각성한 날짜를 말하라 하시더군요."

"가이아가 말입니까?"

"예."

날짜라.

그에게 중요하다 생각되는 날짜는 단 하나도 없었다. 그나마 의미를 부여하자면 그가 15년 전으로 돌아온 날.

단 하루뿐이다.

"2020년 12월 31일."

홍서현이 신혁돈이 돌아온 날을 말했다.

"가이아가 나에게 그 날짜를 말하라 했다?"

"예."

신혁돈 미간의 골이 더욱 깊어졌다.

'가이아가 내가 회귀했다는 사실을 알고 있다는 것인가.'

홍서현이 사기를 치는 게 아니라면 그렇게밖에 설명할 수 없다.

그렇다면 왜.

지구의 신인 가이아의 목적은 지구를 침공하는 마신 그리드의 침략을 막아내고 지구를 지켜내는 것이다.

그렇게 생각하면 이해가 된다.

자신을 말로 사용해 마신 그리드를 막아내고 지구를 지키겠다는 것이다.

"왜 이제 나타난 거지?"

홍서현은 어깨를 으쓱했다.

"저는 가이아가 시키는 대로 할 뿐이에요. 그 사람… 은 아니고, 어쨌거나 가이아는 저에게 성장을 요구했고, 전 가이아의 말을 따라 성장했죠. 그러다 이번에 당신을 찾아가라 한 거구요."

"왜 가이아가 시키는 대로 하는 겁니까?"

신혁돈의 물음에 홍서현의 눈썹이 호선을 그렸다.

"가이아가 주는 보상은 돈이 되니까요."

간단하지만 그만큼 명료한 대답.

"가이아가 주는 퀘스트를 클리어하면 일반 각성자들이 차원문을 클리어하는 것보다 큰 보상을 받을 수 있어요. 제 입장에서 손해 보는 것도 없으니 가이아의 제안에 응한 거죠."

신혁돈이 팔짱을 풀고 검지로 테이블을 두들겼다.

"가이아를 어떻게 믿고?"

이번에는 홍서현이 팔짱을 꼈다. 그리곤 웃고 있던 눈을 찌푸리며 말했다.

"말을 놓던가, 높이던가 하나만 하시죠?"

"그럼 놓지."

"그럼 나도 놓을게. 뭐라고 부를까. 오빠보단… 아저씨?"

윤태수의 입이 벌어졌다.

무슨 이런 여자가 다 있단 말인가?

이서윤도 홍서현 앞에 데려다 놓으면 양반으로 보일 정도로 종잡을 수 없는 여자였다.

윤태수는 설마 하는 마음에 신혁돈을 바라보았다.

자기한테 반말을 하는 여자를 가만히 둘 것인가?

"마음대로."

윤태수는 다시 한 번 깨달았다.

신혁돈은 홍서현보다 더 종잡을 수 없는 사람이라는 것을.

"그래 아저씨라고 부를게. 뭘 물어봤더라? 그래, 가이아를 어떻게 믿냐고 물었었지? 사실 난 무신론자였어. 할머니가 엄청나게 독실한 기독교인이었거든. 그래서 난 어릴 때부터 뛰어노는 게 아니라 교회 의자에 앉아 찬송가를 불러야 했고… 그 결과 신이란 작자들이 죽도록 싫어졌어."

신혁돈이 테이블을 톡톡 두들겨 그녀의 말을 끊었다.

"본론만."

"아, 그래. 어쨌거나 내가 무신론자인 이유는 '보지 않은 것을 믿을 수 없다.' 는 내 신조 때문이었거든. 그런데 가이아는 내 눈에 보이니까 믿는 거야. 이 정도면 됐지?"

"충분해. 꿈은 뭐지?"

윤태수의 눈이 빠르게 두 사람을 왔다 갔다했다.

'무슨 대화가 이래.'

마치 싸우는 듯 서로에게 쏘아대고 있었으나 정작 당사자들의 표정은 온화하다 못해 무표정했다.

신혁돈의 말투에 조금은 익숙해졌다 생각했는데 똑같은 짓을 하는 어린 여자가 나타나니 적응이 되질 않았다.

마치 여자 버전 신혁돈을 만난 느낌.

윤태수는 고개를 휘휘 젓고 대화에 집중했다.

"가이아가 나에게 퀘스트를 줄 때 꿈에 나타나거든. 3등급

시험에 당신들이 참여할 것이라는 것도, 그 뒤에 오늘 아저씨네 사람들이 연락할 것이라는 것도 모두 가이아가 알려줘서 안 거야."

홍서현의 말이 끝나자마자 윤태수가 물었다.

"그럼… 가이아가 미래를 볼 수 있다는 말입니까?"

"난 모른다니까요? 난 일개 사제일 뿐이에요. 신 자체가 아니라."

그녀의 말에 윤태수가 안타깝다는 듯 탄성을 뱉었다.

하지만 아쉬워하긴 이르다.

지구의 신인 가이아가 신혁돈의 뒤에 서 있다?

세상 어디에도 없는 거대한 뒷배를 가지게 되는 것이다.

윤태수는 확실히 하기 위해 홍서현에게 물었다.

"그럼 가이아가 혁돈 형님을 도우려는 의지를 가진 게 확실합니까?"

"자기 힘으로 키운 나를 아저씨한테 보냈으니까 그렇다고 봐도 되겠죠?"

신혁돈은 자신의 앞에 놓인 아이스 초코를 쭉 들이키고선 말했다.

"그래서 날 찾아온 이유가 뭐지?"

"아저씨를 돕기 위해서."

"어떻게?"

"나는 버퍼야. 세계 어느 길드에 가더라도 귀족 대우를 받을 수 있는 3등급 버퍼."

"그 능력으로 나를 돕겠다?"

홍서현은 대답 대신 고개를 끄덕이며 아메리카노로 목을 축였다.

"네 인생은?"

"아저씨 패러독스 길드 마스터잖아? 내 인생을 아저씨한테 투자하겠다는데 어느 정도는 책임져주지 않겠어?"

하지만 신혁돈은 시큰둥하니 대답했다.

"내가 왜?"

신혁돈의 대답에 놀란 것은 윤태수였다. 윤태수는 황급히 홍서현에게 손을 뻗어 양해를 구한 뒤 신혁돈에게 말했다.

"아니, 아니, 책임져야죠. 형님, 잠시만요. 홍서현 씨는 버퍼입니다. 각성자 클래스 중에서도 넘쳐나는 밀리 계열이 아닌 메이지 계열. 그중에서도 몇 없는 버퍼란 말입니다. 잡을 수 있을 때 잡아야 하는 사람입니다. 게다가 가이아의 목소리까지 들을 수 있는 거 같은데 무조건 잡아야 하지 않겠습니까?"

기관총처럼 말을 쏘아붙인 윤태수는 신혁돈의 표정을 살폈으나 여전히 시큰둥했다.

"넌 그래서 안 돼."

"…예?"

예상을 한참 벗어난 대답에 윤태수의 고개가 모로 꺾였다.

"굳이 붙잡지 않아도 우리한테 올 수밖에 없다. 자기 자신이 무신론자였다는 사람이 사제 노릇을 자처하고 있는 게 그 증거지. 잰 가이아의 말을 따를 수밖에 없고 결국에는 우리한테 올 텐데 뭣하러 우리의 가치를 낮추지?"

두 사람의 눈이 휘둥그레졌다.

"정말 계산적인 아저씨네."

"형님… 한 수 배웠습니다."

홍서현은 쯧하고 혀를 차며 말했다.

"그렇게 계산적인 사람이 내 앞에서 이런 말을 하는 이유는 뭘까?"

신혁돈은 어깨를 으쓱한 뒤 말했다.

"그래도 올 수밖에 없으니까."

"맞는 말이라 더 짜증 나네."

말로는 한 대 칠 기세였지만 홍서현은 웃고 있었다.

"그래도 멍청한 사람은 아닌 거 같아서 다행이네. 겉모습만 보고 힘만 센 마초 꼰대면 어쩔까 걱정하고 있었거든."

"칭찬으로 듣지."

홍서현은 몇 번 고개를 끄덕인 뒤 말했다.

"내가 언젠가 아저씨만큼 강해진다거나, 능력이 생긴다면 그 잘난 입술 한 대만 때려도 될까?"

"능력만 된다면."

홍서현은 흥하는 소리와 함께 다리를 꼬았고 짧은 치마 아래로 길게 뻗은 다리에 뭇 남성들의 시선이 몰렸다.

"일어나지."

신혁돈이 일어나자 홍서현은 아무런 대꾸 없이 일어났다.

어디를 가느냐 물을 법도 한데 홍서현은 묻지 않고 신혁돈을 따랐다.

태연히 차에 오르는 그녀의 모습을 보며 윤태수는 한숨을 내쉬었다.

'형님이 둘이 된 느낌이야…….'

*　　　　*　　　　*

아지트, 이서윤의 집으로 돌아가는 길.

이남정에게 전화가 왔다.

—지금 심문 끝났습니다. 90번 대다 보니 아는 게 없긴 마찬가진데, 특이한 점이 하나 있습니다.

"뭔데?"

—이유는 모르겠는데 전체 철수를 시켰답니다.

"일본으로?"

—그건 아니고, 자기네들 안전 가옥으로 철수시킨 모양입니다.

"위치는?"

—자긴 모른답니다.

이남정이 고문의 고문 끝에 밝혀낸 사실이니 진짜 모르는 것이다. 그렇다면 철수시킨 이유를 생각해내야 한다.

"알았다. 곧 도착하니 애들 모아둬."

—애들? 길드원들 말입니까?

"그래."

—알겠습니다.

전화를 끊자 윤태수가 물었다.

"일본으로 철수했답니까?"

"아니, 한국의 안전 가옥."

윤태수는 한 손으로 핸들을 쥐고 다른 손으로 귀 뒤를 긁었다.

"왜 철수를 했느냐가 중점이겠지 말입니다."

"올마이티와 상황은?"

"교착 상태입니다. 어느 쪽이 우세하다 보기 힘든 상황인데, 비응주구 구십번 대를 투입한다고 해서 바뀔 만한 상황도 아닙니다."

신혁돈이 팔짱을 끼곤 앞창너머를 바라보았다. 신혁돈이 말이 없자 윤태수가 물었다.

"어떻게 하는 게 좋겠습니까?"

"우린 우리 할 일을 한다."

"2차 각성 말씀이십니까?"

"그래."

윤태수가 천천히 고개를 끄덕였다.

패러독스 전체가 옐로우 홀 A등급으로 들어가 버린다면 외국인 데다 3등급 라이센스가 없는 비응주구로서는 옐로우 홀로 들어올 방법이 없다.

물론 무력을 사용하면 얼마든 들어올 수 있겠지만 옐로우 홀을 지키고 있는 관리국의 각성자들도 호구가 아니다.

뚫리는 순간 모두의 이목이 집중될 것이고 그건 비응주구가 원하는 방법이 아니다.

윤태수가 생각하는 사이 차는 이서윤의 집 앞에 도착했다.

제2장

습격

패러독스의 길드원과 이남정, 이서윤 그리고 홍서현까지 모두가 모인 자리, 신혁돈이 열 장의 종이를 테이블에 올려두며 말했다.

"읽고 서명해."

윤태수와 백종화, 그리고 김민희는 믿을 수 있는 존재다.

하지만 윤태수의 떨거지들과 안지혜, 그리고 이서윤과 이남정 홍서현은 언제 무슨 이유로 신혁돈의 등을 노려도 이상하지 않은 상황.

그렇기에 계약서를 준비한 것이다.

내용은 길었지만 요약하자면 다음과 같다.

첫째, 계약서에 사인한 순간부터 패러독스의 길드원으로 활동하게 된다.

둘째, 신혁돈을 배신하면 모든 지적 재산권과 재산이 몰수된다.

그것으로 끝나지 않고 재산 몰수에서 끝나는 것이 아닌, 복수가 있다는 것은 쓰여 있지 않았지만, 모두가 생각할 수 있는 부분이었다.

"복수가 뭔지… 따로 물을 필요는 없겠네."

고준영은 질문을 위해 고개를 들었다가 신혁돈과 눈을 마주치고선 다시 계약서로 고개를 돌렸다.

복수가 굳이 듣지 않아도 무엇인지 알 수 있었지만 백종화가 친절히 말해주었다.

"당연히 죽겠지."

"그런 거 꼭 말로 해야 되요?"

김민희가 백종화를 쏘아붙였지만 백종화는 어깨를 으쓱하며 말했다.

"음, 민희는 예외네. 그럼 민희는 어떻게 합니까?"

"알아서 하지."

신혁돈의 대답에 김민희는 상상력을 발휘했고 곧 시퍼래진 안색으로 고개를 휘휘 저었다.

"요는 배신이네. 배신만 안 하면 된다, 이거 아닙니까?"

"그렇지."

신혁돈은 열 개의 펜을 테이블 중앙에 내려놓으며 다시 한 번 말했다.

"사인해라."

다들 펜을 바라보고 있는 사이 하얀 손이 불쑥 튀어나와 펜을 쥐었다.

손의 주인은 홍서현이었다.

그녀는 사인을 마치고서 말했다.

"난 아는 사람이라곤 당신밖에 없어요. 가족도 없으니 협박당할 일도 없고, 뭐 어떤 이유로 배신을 강요당하든 배신하고 당신한테 죽나, 배신 안 하고 고문당하다 죽나 그게 그거일 거 같으니 당신을 배신할 이유도 없죠. 무엇보다 가이아가 날 그런 상황에 처하게 내버려 두겠어요? 나름 자기 사젠데."

말을 마친 홍서현은 펜을 내려놓았고, 윤태수는 그녀가 내려놓은 펜을 쥐며 말했다.

"멋진 연설이네."

"감사해요."

홍서현을 필두로 모두가 사인을 마쳤고, 이서윤만이 남았다.

이서윤은 신혁돈을 슥 바라보더니 물었다.

"나도 패러독스 소속이 되는 건가요?"

"왜?"

"싫은 건 아닌데 어딘가에 소속되어 있는 것 자체를 별로 안 좋아해서요. 집을 아지트로 내준 건 그냥 북적북적하면 보기 좋으니까 그런 거고, 이건 좀 별개의 문제 같은데."

"길드원이 아니라면 지켜줄 이유가 없다."

이서윤이 입술을 씹었다.

이미 신혁돈과 연관되어 텐구 길드가 그녀의 신병을 노리고 있는 상황.

신혁돈이 그녀의 보호를 그만둔다면 텐구는 그녀가 가진 정보를 빼내기 위해서 무슨 짓이든 할 것이다.

신혁돈은 그것을 말한 것이다.

"협박 아닌 협박이네요."

"너의 선택에 의한."

이서윤은 쯧하고 혀를 찬 뒤 계약서에 서명했다. 모두가 서명하자 윤태수는 계약서를 모아 쥔 뒤 말했다.

"자, 그럼 앞으로 잘들 해봅시다."

별다른 제약이 있는 것은 아니었지만 왜인지 목줄이 채워진 듯한 기분에 길드원들은 힘없이 대답했다.

모두가 자리에 늘어진 것을 본 신혁돈이 말했다.

"다들 할 거 없나?"

신혁돈의 물음에 낌새를 눈치챈 이서윤이 재빨리 자리에서 일어서며 말했다.

"전 바빠서 이만."

이서윤의 모습을 본 이들이 조금씩 몸을 일으키자 신혁돈이 말했다.

"없나 보군. 그럼 청소 좀 해라."

보통의 경우였다면 그냥 고개를 끄덕였지만 이서윤의 집은 방만 10개가 넘는다.

게다가 정원까지 생각한다면 하루 만에 끝날 만한 일이 아니다.

"그냥 이대로 사는 것도……."

고준영이 반항 아닌 반항을 해보았지만 신혁돈의 눈빛에 묵살당했다.

윤태수는 피할 수 없음을 깨닫고 말했다.

"제가 구역을 나눠드리겠습니다."

재빨리 치고 들어온 윤태수의 말에 다른 이들의 눈에 절망이 끼었다.

"편히 쉬나 했더니……."

"고생해라."

신혁돈은 윤태수의 어깨를 툭툭 두들겨준 뒤 이서윤의 연구실로 걸어갔다.

* * *

"오늘로 사흘이다."

신혁돈의 말에 이서윤은 미간을 찌푸리면서 대답했다.

"저도 날짜 셀 줄 알거든요?"
"어떻게 되었지?"
이서윤은 테이블에 걸터앉으며 대답했다.
"애초에 방어 마법진을 만들라고 한 이유가 내 목숨을 지키기 위해서잖아요? 그래서 생각해 봤는데 건물에 방어 마법진을 새기는 걸 굳이 지금 할 필요가 없더라구요. 그래서 만든 게 이 아이예요."
이서윤은 손짓으로 신혁돈을 물러나게 한 뒤 에르그 에너지를 모았다. 에르그 에너지가 이서윤의 몸에서 요동치자 그녀의 복부가 빛나기 시작했다.
"마법진인가."
이서윤이 모은 에르그 에너지는 모두 그녀의 배에 있는 마법진으로 흡수되었고, 모든 에르그 에너지가 사라진 순간 허공이 갈라지며 검은 덩어리가 나타났다.
"짜란."
이서윤은 모든 에르그 에너지를 소모했는지 헉헉거리면서도 자신의 작품을 가리키며 포즈를 짓고 있었다.
검은 덩어리는 액체 금속처럼 빛을 반사하며 허공에 뜬 채로 몽글거렸다.
"이게 뭐지?"
"잠깐만요… 에르그 에너지 좀 모으고."
이서윤이 여전히 헉헉거리자 신혁돈이 미간을 찌푸리며 손을 뻗었다. 그러자 신혁돈의 몸에 있던 에르그 에너지가 움직이며 비어 있는 이서윤의 에르그 홀을 가득 채웠다.

"…이런 게 가능해요?"

이서윤의 눈이 휘둥그레졌다.

에르그 에너지는 순수한 에너지 그 자체지만 인간의 몸으로 들어가는 순간, 각자의 파장에 맞추어져 전혀 다른 에너지가 된다.

스킬을 발휘한다거나 하는 데는 문제가 없지만 다른 사람에게 나누어 주거나 다른 각성자를 죽이고 에르그 에너지를 빼앗을 수는 없다.

한데 신혁돈의 에르그 에너지는 그런 법칙들을 깡그리 무시하고 자연 그 상태의 에르그 에너지처럼 이서윤의 에르그 에너지로 변환되었다.

"방법만 알면."

"…다른 사람의 것도?"

신혁돈은 부정하지 않았다.

"맙소사……."

에르그 에너지의 정제는 신혁돈이 가진 포식 스킬의 효과였다.

괴물의 에르그 에너지를 에르그 기관을 씹어 삼킴으로써 생으로 흡수하기 때문에 정제가 필요했고, 포식 스킬이 그 역할을 해준 것이다.

포식은 괴물에게만 한정되지 않는다. 신혁돈이 마음먹고 인간의 에르그 기관을 섭취한다면 인간의 에르그 에너지 또한 포식할 수 있다.

하지만 인간된 도리로써 인간의 심장에 붙어 있는 에르그 기관을 빼먹을 순 없는 노릇.

하지만 이서윤은 여전히 놀란 눈으로 신혁돈을 바라보고 있었다.

"그거 발동이나 시켜보지?"

이서윤은 의심의 눈초리를 거두지 않은 채 손을 들어 검은 액체를 가리켰다.

그리곤 에르그 에너지를 모으자 검은 액체가 꿈틀거리며 인간의 형상을 갖추었다.

"일명 골렘이에요. 한번 싸워볼래요?"

신혁돈이 고개를 끄덕이자 이서윤이 말했다.

"골렘, 싸워."

그녀의 말과 동시에 골렘이 신혁돈에게 주먹을 뻗었다.

그의 예상대로 골렘의 몸은 금속으로 되어 있었다. 그런 주제에 관절의 움직임은 인간과 다를 것 없다.

몇 번 공격을 받아주던 신혁돈은 자신의 목을 노리고 쏘아지는 골렘의 팔을 바깥으로 후려쳤다.

그러자 짚단 인형이 뜯기듯 골렘의 팔이 뜯기며 허공을 날았다.

그 순간 멀찍이 날아간 골렘의 팔이 순식간에 녹아 액체가 되었다.

액체는 마치 살아 있는 유기체처럼 스스로 기어와서 다시 골렘의 몸으로 흡수되었다.

"…어디서 본 기억이 있는 것 같은데."

"T—1000! 그게 모티프죠. 여기에만 500개 가까운 마법진이 들어갔어요. 어때요? 죽이죠?"

신혁돈은 대답 대신 골렘을 지나 이서윤에게 달려들었다.

신혁돈이 명확한 살기를 띄자 이서윤이 비명을 질렀고, 이서윤의 비명이 끝나기도 전에 골렘이 이서윤의 앞을 가로막았다.

"성능은 괜찮군."

"그, 그런 짓은 말 좀 하고 해요!"

"재도 듣잖아."

맞는 말에 이서윤은 이를 갈았고, 신혁돈이 말을 덧붙였다.

"방어 마법진 개발이 더 쉬웠겠는데?"

이서윤은 정곡을 찔린 듯 갈던 이를 멈추고 배시시 웃었다.

"어쨌거나 신변 보호는 되겠군."

골렘은 2등급 후반 정도의 움직임을 보이고 있지만 몸이 금속으로 되어 있는 데다가 자가 재생이 가능하다는 점을 더하면 3등급을 넘어선 성능이라 보아도 무방했다.

"내일 오후에 오렌지 홀로 출발한다."

"네. 준비해 둘게요."

고개를 끄덕인 신혁돈이 연구실을 나섰다.

다음 날 오후.

신혁돈을 제외한 모두가 제 몸만 한 배낭을 들고 나와 차에 실었다. 모든 준비를 마친 사람들이 차 앞에 모이자 신혁돈이 말했다.

"더 가드에 먼저 들린다."

"화이트 홀에 대해 말해 주고 가시는 겁니까?"

신혁돈은 고개를 끄덕이자 윤태수가 말했다.

"알겠습니다. 그럼 출발!"

모두가 차에 오르고 윤태수가 운전하는 차를 필두로 세 대의 차가 더 가드로 이동했다.

* * *

화이트 홀에 관한 설명을 들은 더 가드의 길드마스터 조훈현의 얼굴이 굳었다.

"그게… 앞으로 벌어질 일이란 말입니까?"

"예."

너무도 담담한 대답에 외려 현실감이 느껴졌다.

"아니… 그렇다면 전 세계에 알리고 화이트홀에 대비한 뒤 오렌지 홀 A등급 토벌을 해야 하는 게 맞지 않습니까?"

"전 세계가 그 말을 믿을 것이라 생각하십니까?"

신혁돈의 말에 간수호와 조훈현이 서로를 마주보았다. 그들이 대답이 없자 신혁돈이 말했다.

"이것을 기회로 사용하십시오."

조훈현은 고개를 저었다.

"제가 에르그 에너지를 탐지할 수 있는 능력이 있는 걸 어떻게 아셨는지는 모르겠지만… 대한민국 전체를 커버할 수 있는 능력을 가지고 있진 않습니다. 아니, 할 수 있다 해도 대한민국 전체에 산발적으로 나타나는 화이트 홀을 커버할 능력이 없습니다."

"그래서 지금 말씀드리는 겁니다. 정부와 다른 길드들의 협조를 구해놓은 뒤 화이트 홀이 나타나는 순간부터 대처에 들어가십시오. 초동 대처에만 성공한다면 화이트 홀에 대처하긴 쉬울 겁니다."

"아니… 등급조차 랜덤하게 나타난다 하지 않으셨습니까? 지구 곳곳에 나타난 레드 홀 그 이상의 차원문 때문에 폐허가 되고 없어진 나라가 몇 개인 줄 아십니까?"

조훈현의 말대로 레드 홀 그 이상의 차원문은 현재 각성자들의 실력으로는 봉인할 수 없다.

때문에 차원문이 나타난 지역을 포기해 버렸고, 결국 차원문 내의 괴물들은 지구로 뛰쳐나왔으며 그 지역들은 '아웃랜드'라 불리며 인간이 살 수 없는 지역이 되어버렸다.

"예, 그렇기에 인류는 더욱 빨리 성장해야 하고, 그것을 위해 필요한 것이 화이트 홀입니다. 화이트 홀이 생겨나면 미약하기 그지없는 지구의 에르그 에너지도 폭발적으로 증가하게 되고, 더 많은 각성자들이 나타날 겁니다. 각성자들이 더욱 빨리 강해지는 건 두말할 것 없고."

조훈현은 한숨을 내쉰 뒤 등받이에 몸을 기댔다.

"제가… 결정할 수 있는 문제가 아닌 것 같습니다."

"마스터가 결정하라는 말은 하지 않았습니다. 화이트 홀은 제가 엽니다. 열린 뒤 어떻게 대처해야 희생자를 최소화할 수 있을지를 알려주는 겁니다."

조훈현이 양손으로 얼굴을 비비며 마른세수를 했다.

"무슨 말씀을 하시는지는 알겠습니다. 한데 그게… 맞는 일인지 모르겠습니다."

신혁돈은 쯧 하고 혀를 찬 뒤 말했다.

"당신이 하지 않는다면 전 마이더스로 갈 겁니다."

그리고 똑같은 제안을 할 것이다.

지금 신혁돈에게 필요한 것은 대한민국에 존재하는 모든 길드를 하나로 묶어줄 거대한 길드다.

굳이 더 가드가 아니더라도 마이더스라도 충분히 할 수 있는 일.

오히려 무너진 마이더스라면 실추된 위상을 회복하기 위해 더욱더 열심히 할 가능성이 크다.

조훈현은 고개를 휘휘 저었다.

자신의 힘으로 신혁돈을 막을 순 없다.

그렇다면 피해를 최소화하며 위기를 기회로 이용하는 수밖에.

"아니, 저희가 하겠습니다."

"예."

조훈현이 결정을 내리자 그 뒤로는 일사천리였다.

화이트 홀에 관한 궁금한 것을 더 가드 쪽에서 질문했고, 신혁돈은 성심성의껏 대답해 주었다.

"패러독스가 오렌지 홀 A등급을 클리어함으로써 화이트 홀이 발생했다는 사실은 여기 있는 사람들만 알고 갑시다."

조훈현의 말에 신혁돈이 고개를 끄덕였다.

굳이 긁어 부스럼을 만들 필요는 없다.

해가 중천에 떠 있을 때 시작된 회의는 해가 질 때까지 이어졌다.

회의를 마친 조훈현은 자리에서 일어나 신혁돈에게 손을 건넸다.

"아직도 믿기지 않지만… 잘해봅시다."

"예."

두 사람이 악수를 하자 더 가드 측 인원들과 패러독스의 인원들 전부가 일어섰다.

그때 조훈현의 손을 쥐고 있던 신혁돈이 손에 힘을 주었다.

“억, 왜… 왜 이러십니까?”

갑작스러운 힘에 조훈현이 당황하며 신혁돈의 손을 밀어냈다. 하지만 신혁돈은 조훈현이 아닌 창문을 보고 있었고, 그의 손을 놓아줄 생각이 없어 보였다.

조훈현은 손에서 오는 고통을 무시한 채 창문을 바라보았다.

어느새 뜬 달이 보였고, 그사이로 무언가 이질적인 막 같은 것이 보였다.

마치 창문 밖에 또 한 겹의 유리를 씌워놓은 것과 같은 이질감.

조훈현이 미간을 찌푸리며 말했다.

“저게… 뭐지?”

그때 신혁돈이 조훈현에게 고개를 돌리며 말했다.

“개 같은 새끼들이…….”

“…예?”

그 순간.

길드 마스터 사무실의 문이 쾅 소리와 함께 열렸고, 누군가가 뛰어들어오며 소리쳤다.

“습격입니다!”

그리고 신혁돈이 말했다.

"텐구, 비응주구다."

마이더스의 길드 마스터 사무실.

검은 옷을 입은 사내와 마이더스 길드 마스터 공윤호, 그리고 정보부장 이태혁까지 세 명의 사내가 앉아 있었다.

이태혁이 수화기를 내려놓으며 말했다.

"신혁돈 일행이 더 가드 길드로 이동한답니다. 세 대의 차에 짐을 가득 싣고 이동하는 것을 보아 차원문에 들어가려 하는 듯합니다."

이태혁의 말에 공윤호가 삼십을 바라보며 말했다.

"패러독스가 차원문에 들어간 뒤 더 가드를 먼저 치는 것도 괜찮겠군요."

공윤호의 말을 들은 이태혁이 일본어로 통역해 삼십에게 말했다. 통역을 들은 검은 옷을 입은 사내, 삼십이 고개를 젓고선 일본어로 대답했다.

"패러독스가 꼬리를 자른 뒤 숨어버릴 수도 있습니다."

"그럼 어떻게 합니까? 원래 계획대로라면 패러독스와 더 가드를 따로 쳐야 하는데 말입니다."

삼십이 미간을 찌푸렸다.

"일(一)께서 명하신 내용입니까?"

공윤호가 고개를 저었다.

"그분께서는 인원을 지원해 주셨을 뿐, 다른 말은 없으셨습니다. 혹시 따로 받은 지시가 있으십니까?"

삼십은 잠시 생각하는 듯하더니 고개를 저었다. 그러자 공윤호가 말했다.

"그럼 융통성 있게 생각하는 건 어떠십니까?"

공윤호의 입장에서 삼십은 계획에 없던 히든카드다.

자신과 맞먹거나 혹은 자신보다 강한 능력자라는 카드가 생긴 시점에서 굳이 전력을 나눌 필요가 없어진 것이다.

눈엣가시 같은 더 가드와 패러독스를 일망타진할 수 있는 기회이면서 동시에 날카로운 검이 손에 쥐어졌다.

'이건 하늘이 주신 기회다.'

비응주구에서 80번 뒤 번호 스무 명을 지원한다 했을 때 공윤호는 실망을 금치 못했다.

3등급 근처의 스무 명이라지만 더 가드와 패러독스, 둘 중 하나를 상대하기는 부족한 전력이었기 때문이다.

하지만 거기에 삼십이 포함되어 있는 걸 알게 된 순간 공윤호는 속으로 쾌재를 불렀다.

삼십과 비응주구 19명, 그리고 마이더스의 병력이라면 두 길드를 동시에 상대할 수 있다.

물론 전면전은 상대가 되지 않는다.

하지만 기습이라면 충분히 가능하다.

게다가 더 가드의 주력 공격대가 오렌지 홀 B등급 공략을 위해 지방으로 빠져 있는 지금이라면 가능성이 더욱 높아진다.

"둘을 동시에 치자, 이 말입니까?"

고심 끝에 삼십이 말했고, 공윤호가 고개를 끄덕였다.

삼십의 입장에서도 나쁠 것 없는 제안이다.

길드와 길드가 붙는다면 난전이 펼쳐질 것이고, 삼십이 신혁돈을 암살하기는 더욱 수월해질 게 분명했다.

"계획이 있으십니까?"

삼십이 다시 물은 순간.

'됐다.'

공윤호가 눈을 빛냈다.

*　　　*　　　*

윤태수가 자리에서 일어서며 말했다.

"철수한 이유가 이거였군."

그와 동시에 패러독스 길드원들이 하나둘씩 자리에서 일어서며 장비를 점검했다.

습격이라는 말에도 태연히 자신의 할 일을 하는 모습에 더 가드의 길드 마스터 조훈현이 얼빠진 목소리로 물었다.

"아니, 싸우실 겁니까?"

신혁돈은 그제야 조훈현의 손을 놓으며 말했다.

"그럼 목 씻고 기다릴 겁니까?"

말을 마친 신혁돈은 창문 밖을 바라보았다.

"사일런스군."

"예?"

"공간유리(空間遊離)의 하위스킬. 지정한 구역의 소리가 밖으로 새어나오는 걸 막는 스킬이다."

"아……."

조훈현은 아지랑이가 낀 것처럼 울렁거리는 창밖을 보고서 고개를 끄덕였다. 그러자 신혁돈이 테이블을 툭툭 두드리며 말했다.

"아, 가 아니라 지시를 해야 하는 거 아닙니까? 비응주구 스무 명뿐만 아니라 마이더스의 길드 마스터 공윤호가 공격대를 이끌고 직접 왔습니다."

신혁돈의 말에 조훈현의 얼굴이 사색이 되었다.

조훈현은 이런 상황이 처음인 듯 별다른 지시를 내리지 못했고, 결국 신혁돈이 말했다.

"우리가 비응주구를 맡습니다. 그쪽은 마이더스를 맡으십시오."

신혁돈이 대형 길드의 길드 마스터인 자신보다 더욱 차분히 상황을 정리하는 모습에 조훈현 또한 정신을 차리고 말했다.

"상황 보고부터!"

조훈현의 말에 달려들어온 사내가 말했다.

"1층을 점령당했고, 그 뒤로 쭉 치고 올라오고 있습니다. 일단 모든 길드원을 모아 3층에서 방어진을 형성한 상태입니다."
상황 보고를 들은 신혁돈이 말했다.
"우리가 창문으로 나가서 뒤를 칩니다. 신호하면 밀고 내려오십시오."
"여, 여긴 17층인데?"
"알아서 합니다."
말을 마친 신혁돈이 창문을 발로 차 부순 뒤 어깨에서 졸고 있던 도시락을 손에 쥐었다.
그러자 도시락이 졸린 눈으로 신혁돈을 바라보았고 신혁돈은 도시락이 눈을 뜬 것을 확인하자마자 창밖으로 던졌다.
"까아아악!"
도시락이 깜짝 놀라며 날개를 펄럭이자 신혁돈이 말했다.
"커져라."
"깍?"
"어서."
"까악!"
도시에서 커지는 것을 망설이던 도시락은 신혁돈의 심각한 표정을 보고선 바로 마법진을 발동시켜 원래의 모습으로 돌아갔다.
"콰우우우!"
오랜만에 원래의 모습으로 돌아온 도시락이 크게 포효했다.

"마, 맙소사… 저게 무슨……."

어지간한 차 헤드라이트보다 밝게 빛나는 붉은 눈과 두 쌍의 날개. 쇠도 찢어버릴 것 같은 부리와 발톱을 지닌 거대한 새가 모습을 인천 도심에 모습을 드러냈다.

그 순간 신혁돈이 말했다.

"신호는 괴물의 포효 소리."

조훈현이 고개를 끄덕이는 것을 본 신혁돈이 도시락의 등으로 뛰어내렸다.

꿀꺽.

누군가 침을 삼키는 소리와 함께 고준영이 물었다.

"세상에… 일을 이렇게 크게 벌려도 되는 겁니까?"

윤태수는 고준영의 곁을 지나며 말했다.

"안 될 건 뭐야. 어차피 이 싸움에서 지는 놈이 책임질 텐데."

그리곤 증폭으로 신체 능력을 강화시키며 17층에서 뛰어내려 도시락의 등에 올라탔다.

"오, 정신 나간……."

한 명씩 한 명씩 뛰어내렸고 총 열한 명의 사람이 도시락의 등에 올라탔음에도 공간은 넉넉했다.

"내려가라."

모두가 등에 오른 걸 확인한 신혁돈이 도시락에게 명령했고, 도시락은 천천히 활강하며 지상으로 내려갔다.

그러자 건물 밖을 지나던 행인들이 비명을 지르며 도망쳤고, 신혁돈은 도시락에게 말했다.

"아무도 못 나오게 해라."

"까악!"

순식간에 지상에 도착한 이들은 도시락의 등에서 뛰어내렸다.

"진입."

신혁돈과 윤태수. 김민희가 선두에 서자 이남정이 물었다.

"저는 어디 섭니까?"

"이남정 선두, 이서윤 홍서현 중간."

신혁돈의 명령과 동시에 진형이 완성되었고 열한 명의 패러독스 길드원이 건물의 입구로 들어갔다.

더 가드의 반항이 의외로 거셌는지 거의 모든 이가 2층에 투입된 것으로 보였다.

그 덕에 1층에 있는 이들은 열 명이 되지 않았다.

"뒤다!"

패러독스 길드원이 들어오는 것을 본 습격자들이 소리쳤다. 하지만 신혁돈과 윤태수가 더 빨랐다.

습격자의 목소리가 1층 홀에 울린 순간 괴물로 변한 신혁돈이 소리친 이의 목을 부러뜨렸고, 윤태수는 빛의 궤적을 남기며 잔당을 쓸어버렸다.

"핫!"

윤태수의 등을 노리는 이는 바닥에서 솟아난 가시에 발등을 꿰뚫린 채 바닥을 뒹굴었다.

고통에 이를 악물고 일어서려 바닥을 짚은 순간.

쿵!

거대한 사각 방패가 그의 등을 내리찍었다.

손속에 자비를 두는 사람은 없었다. 그 때문에 패러독스가 1층에 들어서고 30초도 되지 않아 1층에 서 있던 습격자들이 전부 쓰러졌다.

"1층 클리어!"

윤태수의 외침과 동시에 신혁돈이 수신호를 보냈고, 즉시 진형을 정비했다. 그러고는 2층으로 통하는 계단 앞에 서자 신혁돈이 외쳤다.

"2층 진입!"

2층에 올라서자 1층의 상황을 눈치채지 못한 이들의 등이 보였다.

"터져라!"

"솟아나라!"

그 순간, 백종화와 안지혜의 마법이 작렬했다.

갑자기 나타난 패러독스 길드원들에 의해 혼란이 발생했고 신혁돈이 포효했다.

"콰우!"

순식간에 괴물로 변한 신혁돈이 비웅주구와 마이더스 길드원 사이로 돌진했고, 그 뒤를 윤태수가 커버했다.

증폭을 사용할 때마다 터져 나오는 빛이 전장에 혼란을 더했고 신혁돈은 양 떼 사이로 돌진한 사자와 같이 모두를 학살했다.

어글리 베어의 어깨에서 터져 나오는 힘과 몰맨 손톱의 날카로움을 막아낼 수 있는 이는 없었다.

신혁돈의 포효와 함께 3층에서 방어를 하던 더 가드의 길드원들이 전장에 합류했고, 습격자들은 순식간에 퇴로를 잃고 포위당했다.

그때 승기를 빼앗겼다 생각한 마이더스의 길드원 하나가 창문을 박차고 몸을 날렸다.

“까아악!”

“으악!”

그 순간, 창밖에서 대기하고 있던 도시락이 마이더스의 길드원을 낚아챘다.

‘…젠장!’

모든 광경을 목격한 공윤호의 미간이 찌푸려졌다.

습격한 것은 마이더스 쪽인데, 저쪽은 모든 것을 알고 있었다는 듯 침착히 대처했다.

그 결과 습격한 당사자들이 앞뒤로 포위를 당했고, 퇴로를 잃었다.

공윤호의 눈이 빠르게 전장을 훑으며 삼십을 찾았다.

'이 새끼는 어디 있는 거야?'

삼십은 보이지 않았고 전장을 누비며 자신의 길드원들을 학살하고 있는 괴물의 모습만 자꾸 눈에 들어왔다.

신혁돈의 손끝에 습격자가 열두 명째 쓰러진 순간.

후웅!

신혁돈의 머리를 노리고 짧은 단검 두 자루가 날아왔다.

'위험하다.'

아르마딜로 리자드의 피부를 뚫을 만큼 강력한 힘이 담긴 단검이었다.

'피할 수 없군.'

판단이 선 신혁돈은 어쩔 수없이 팔을 들어 단검을 막았다.

푹푹!

두 자루의 단검이 팔에 꽂힌 순간 검은 그림자가 신혁돈의 머리 위로 날아들었다.

챙!

서걱!

신혁돈이 양팔을 들어 자신의 머리를 노리는 검을 막으려 했으나 검에 실린 힘이 생각보다 강했다.

결국 몰맨의 손톱을 자르고 내려쳐진 검이 신혁돈의 어깨를 횡으로 길게 베었다.

"크르르……."

신혁돈은 몰맨의 손톱을 집어넣으며 빠르게 뒤로 물러섰다.

그제야 신혁돈을 공격했던 검은 그림자가 모습을 드러냈다.

이마에 삼십(三十)이 새겨진 사내가 두 자루의 검을 들고 있었다.

'강하다.'

신혁돈은 불의 벗을 이용해 어깨의 상처를 회복시켰다.

그러자 삼십의 눈매가 꿈틀했다.

"…괴물이라 이건가."

삼십이 일본어라 뭐라 했지만 신혁돈이 알아들을 리 없었다. 신혁돈은 대답 대신 윤태수에게 소리쳤다.

"검!"

검을 든 채 빛의 궤적을 흩뿌리며 활약하던 윤태수는 지체하지 않고 신혁돈에게 검을 집어 던졌다.

그 순간.

휘잉! 챙!

삼십이 신혁돈을 향해 날아오던 검을 향해 단검을 던졌고, 튕겨져 나간 검이 바닥을 굴렀다.

"어딜."

그와 동시에 삼십이 신혁돈에게 달려들었다.

바닥에 떨어진 검을 아쉬운 눈길로 바라본 신혁돈이 삼십에게 집중했다.

아르마딜로 리자드의 피부에 싸인 신혁돈의 주먹과 삼십의 검이 허공에서 부딪히려는 순간.

"배리어!"

신혁돈의 눈앞에 희뿌연 막이 생성되며 삼십의 검을 막아냈고 그와 동시에 바닥에 떨어져 있던 검이 신혁돈의 손으로 날아왔다.

신혁돈은 오른손의 몬스터 폼을 해제시키며 검을 받아 들었다.

그리고 배리어가 깨진 순간.

챙!

삼십의 검을 막아냈다.

순식간에 몇 번의 합이 오갔다.

공격과 방어 사이를 비집고 다시 한 번 배리어가 펼쳐졌다.

"돕겠습니다!"

조훈현이었다.

신혁돈이 밀리는 것을 확인한 조훈현이 신혁돈을 돕기 위해 달려온 것이다.

하지만.

화르륵!

메이지는 이쪽에만 있는 것이 아니었다.

신혁돈을 향해 달려오던 조훈현의 발밑에서 불기둥이 솟아올랐고, 조훈현이 재빨리 물러서며 배리어를 생성시켰다.

"어딜!"

검을 든 채 물러서 있는 삼십의 옆으로 마이더스의 길드장 공윤호가 섰다.

공윤호의 양손에서는 새파란 불꽃이 피어오르고 있었다.

간신히 공윤호의 공격을 막아낸 조훈현이 주변을 둘러보았다.

전황은 팽팽했다.

더 가드의 인원과 전력이 모자란 대신 패러독스의 길드원들이 분발해 주고 있었다.

그럼에도 불구하고 마이더스와 비응주구의 수가 너무 많다.

'이 전투의 승자가 승리한다.'

네 명 중 한 명이라도 살아남아 전투에 가담하는 순간 팽팽한 밸런스는 무너질 것이다.

넷 다 같은 생각을 하는지 선불리 움직이지 못하고 눈만 굴리고 있었다.

그때 신혁돈이 삼십을 향해 빈손을 뻗으며 말했다.

"눈속임."

눈속임이 발동된 순간, 신혁돈이 땅을 박찼다.

두 사람 간의 거리는 5m 가량.

신혁돈에게는 없는 거리나 마찬가지였다.

순식간에 삼십의 코앞에 다다른 신혁돈이 검을 들지 않은 주먹을 강하게 내질렀다.

챙!

눈이 보이지 않는 상황에도 삼십은 검을 들어 검면으로 신혁돈의 공격을 막아냈다.

그 순간 신혁돈의 입꼬리가 올라갔다.

신혁돈은 삼십이 첫 번째 공격을 막을 것을 예상한 것이다.

검면을 때린 신혁돈이 손바닥을 펴서 검을 쥐었고, 그와 동시에 오른손에 들고 있던 검을 휘둘러 삼십의 목을 노렸다.

노림수!

눈이 보이지 않는 데다 검까지 붙잡혀 절대 피할 수 없는 상황. 신혁돈이 무슨 수를 썼음을 깨달은 마이더스의 길드 마스터 공윤호가 소리쳤다.

"목!"

화르륵!

그 순간 신혁돈의 발밑에서 불꽃이 피어올랐고, 삼십은 신혁돈의 손에 잡힌 검을 놓아버림과 동시에 뒤로 물러서며 소리쳤다.

"전원! 발동!"

그와 동시에 삼십이 온몸에서 먹구름을 피워냈고, 다른 비응주구들 또한 마찬가지였다.

신혁돈은 화염에 휩싸인 채 뒤로 물러섰고 조훈현이 황급히 배리어를 발동시켜 신혁돈에 몸에 붙은 불을 제거해 주었다.

'이겼다.'

비응주구가 숨기고 있던 비장의 한 수를 사용하자 공윤호의 입가에 미소가 번졌다.

먹구름이 발동된 이상 동수를 이루고 있던 싸움의 균형이 무너질 것이다. 비릿한 미소를 지은 공윤호가 신혁돈을 바라보았다.

'웃어?'

한데 신혁돈 또한 미소를 짓고 있었다.

알 수 없는 불안감에 모골이 송연해진 순간.

신혁돈이 양손에 들고 있던 검을 모두 놓고서 먹구름으로 변한 삼십에게로 손을 뻗었다.

펑!

마하를 돌파한 제트기가 구름을 터뜨리듯 먹구름이 폭발했다.

"…어?"

사방으로 흩어진 먹구름은 원래의 모양을 찾지 못한 채 그대로 사라져 버렸다. 공윤호가 자신의 눈을 의심하며 다시 신혁돈을 바라본 순간 신혁돈의 커다란 손이 공윤호의 머리를 쥐었다.

"컥!"

"전투는 끝났다."

낮고 웅혼한 목소리가 전장에 울려 퍼졌다.

자신에게 시선이 모이자 신혁돈이 공윤호를 높게 들어 올렸다. 그리곤 공윤호의 머리를 쥐고 있는 손에 힘을 주었다.

퍽!

"투항하라."

공윤호의 머리가 박살 나며 힘을 잃은 몸이 바닥으로 쓰러졌다.

순식간에 머리를 잃은 마이더스와 비응주구가 망설이는 사이, 먹구름들이 한곳으로 뭉쳤다.

삼십이 어떻게 당한 것인지 보지 못한 비응주구들이 결사의 항전을 결심한 것이다.

그에 힘입은 마이더스의 길드원들도 무기를 쥔 손에 힘을 주었다.

여기서 살아남는다 해도 더 이상의 미래는 없기 때문이었다.

신혁돈은 그럴 줄 알았다는 듯 고개를 끄덕이고선 비응주구를 향해 손을 뻗었다.

영혼 강타.

펑! 펑! 펑!

신혁돈의 손가락에 지목당한 먹구름들이 연쇄적으로 터져 나가기 시작했다.

먹구름으로 변했던 비응주구들이 제대로 된 공격 한 번 해보지 못한 채 터져 나갔고, 그제야 사태를 파악한 비응주구들이 먹구름을 해제했으나 이미 늦은 상황.

"끝내라."

신혁돈의 말에 더 가드와 패러독스가 남은 이들을 압박했다.

챙그랑!

전의를 상실한 몇몇 이들이 무기를 떨어뜨렸으나 이미 늦었다.

마지막까지 무기를 들고 달려드는 비응주구를 처리한 신혁돈이 전황을 살폈다.

신혁돈이 구석에서 검 한 자루를 든 채 피투성이가 되어 있는 정보부장 이태혁을 손가락으로 가리켰다.

"저건 살려둬."

말을 마친 신혁돈이 무기를 들고 있는 이들에게 달려들었다.

*　　　*　　　*

경찰차와 앰뷸런스의 사이렌 소리가 건물 전체를 울렸다.

전투가 끝나자 사일런스가 해제된 것이다.

"다친 사람 있나요?"

이서윤은 패러독스 길드원을 보고 물었다. 하지만 김민희를 제외한 이들 중 상처를 입은 이는 없었다.

김민희는 다리를 길게 베여 절뚝거리고 있었으나 눈에 보이는 속도로 상처가 치료되고 있었다.

"더 가드는요?"

그제야 더 가드 쪽의 부상자들이 하나둘 손을 들었고, 이서윤은 치유 마법진을 만들어 그들을 치료한 뒤 신혁돈을 바라보았다.

신혁돈은 이태혁의 머리를 쥔 채 물었다.

"왜 친 거지?"

이태혁은 대답 대신 고개를 떨구었다.

"텐구가 시킨 건가?"

이태혁은 모든 것을 포기한 듯 아무런 반응이 없었다.

정보를 캐기 위해 살려둔 것이었으나 이런 상태라면 쓸모가 없다.

대답이 없는 이태혁을 바라보던 윤태수가 말했다.

"상관없지 않습니까?"

대답하지 않아도 아무런 상관없었다.

마이더스가 더 가드를 습격했고, 배후에 비응주구가 있다는 것을 밝힐 수 있는 증거가 도처에 널려 있는 상황.

상황을 살핀 윤태수가 신혁돈에게 다가와 말했다.

"오히려 상황이 좋아졌지 말입니다."

윤태수의 말에 신혁돈이 고개를 끄덕였다.

두 사람 사이에서 홀로 이해를 하지 못한 조훈현이 되물었다.

"어떤 게… 말입니까?"

윤태수는 신혁돈을 바라보았고 신혁돈이 고개를 끄덕이자 조훈현에게 말했다.

"잘 들으십시오. 마이더스는 더 가드가 가진 화이트 홀에 대한 정보를 탐냈고, 그 정보를 독점하기 위해 더 가드를 습격한 겁니다."

조훈현이 천천히 고개를 끄덕이자 윤태수가 말을 이었다.

"하지만 패러독스에서 미리 정보를 입수한 상태였고, 습격에 대응한 겁니다. 우리는 말로 해결하려 했지만 마이더스는 그럴 의향이 없었고, 외부 세력, 즉 텐구의 비응주구까지 합세해 저희를 압박했습니다. 결국 무력다툼이 벌어졌고 저희는 간신히 승리한 겁니다."

조훈현이 이해를 하지 못하고 되물었다.

"…어째서 그렇게 하는 겁니까?"

"화이트 홀에 대한 위험성, 그리고 거기서 나오는 이득에 대해 최대한 많은 이에게 알려야 합니다. 그러기 위해서는 자극적인 사건이 섞인 편이 좋지 않겠습니까?"

조훈현이 아, 하는 탄성과 함께 고개를 끄덕였다.

곧 화이트 홀이 전 세계에 나타날 것이고 몬스터를 쏟아낼 것이라는 정보만으로는 설득력을 갖기 힘들다.

하지만 마이더스와 텐구가 그 정보를 독점하기 위해 혈전까지 불사했다면?

정보에는 신빙성이 생기고 많은 이들이 호기심을 갖게 될 것이다.

물론 마이더스와 텐구는 화이트 홀이 뭔지도 모를 테지만 진실은 상관없다.

역사는 승자에 의해 기록되는 것이고, 패자의 말은 모두 변명이 되게 마련.

밑그림이 모두 완성되었다.

윤태수의 말을 이해한 조훈현이 고개를 끄덕이자 윤태수가 말을 이었다.

"두 길드를 최대한 언급하면서 화이트 홀에 관한 것을 널리 알리십시오."

경찰차와 앰뷸런스 사이로 방송사의 카메라들과 기자들이 하나둘씩 모습을 드러내고 있었다.

조훈현이 그들을 바라보며 말했다.

"관리국에서 물고 늘어지면 어떻게……."

"그럴 일 없습니다."

신혁돈이 조훈현의 말을 끊었다.

"이제 대한민국 내에서 더 가드의 행보를 막을 길드는 없습니다. 마이더스가 무너진 이상 더 가드가 독주할 것이라 봐도 무방합니다. 그런 상황에 관리국이 더 가드를 통제하려 한다는 건 어불성설입니다."

조훈현은 입을 열었다가 말을 삼켰다.

'당신네 패러독스는?'

전투가 마무리 되고서 10분도 되지 않았다.

뒷정리를 할 생각에 정신이 없는 와중, 패러독스의 수뇌들은 미래를 내다보고 이 사건을 어떻게 이용하면 자신들이 원하는 방향으로 끌고 갈지 생각하고 방법까지 생각해냈다.

조훈현은 귀 뒤로 돋는 소름을 애써 무시하며 패러독스 길드원들을 바라보았다. 격전을 치른 사람들이라고 보기 힘들 정도로 멀쩡하다.

"그렇게… 하죠."

기자들과 경찰, 구급대원들이 1층으로 들어오고 있었다. 신혁돈은 이태혁을 한 번 바라본 뒤 윤태수에게 말했다.

"살려둘 필요 있나?"

윤태수는 바로 대답하지 않고 이태혁을 바라보았다. 어딘가에 쓸모가 있으면 모를까, 쓸모도 없는 데다가 자신을 죽이려 한 자에게 아량을 베풀 필요는 없다.

"굳이 변수를 남겨둘 필요가 있겠습니까?"

신혁돈이 고개를 끄덕이자 윤태수가 바닥에 떨어져 있는 검 하나를 주워들었다.

그리고 이태혁의 가슴에 꽂았다.

"이제 가지."

신혁돈의 말에 패러독스들이 움직이기 시작했다. 그들을 바라보던 간수호가 물었다.

"그냥 가십니까?"

"예."

그러자 간수호가 신혁돈의 옆으로 다가오며 말했다.

"지금이 패러독스를 알릴 적기 아닙니까? 수많은 길드와 언론이 패러독스가 누군지, 무얼 하는 길드인지를 궁금해하고 있습니다."

간수호의 말에 패러독스 길드원들의 시선이 신혁돈에게 집중되었다.

"굳이 그럴 필요가 있겠습니까?"

신혁돈의 말에 윤태수가 헛웃음을 터뜨렸다.

남아 있는다 한들 뒤처리밖에 할 일이 없었다. 여기저기 불려 다니며 뒤처리를 할 바에야 차원문에 들어가 사냥이나 하는 게 훨씬 낫다.

사냥을 마치고 나오면 더 가드가 모든 것을 정리해 두었을 테니까.

영문을 모르는 간수호가 윤태수를 바라보았다가 신혁돈을 다시 보았다. 하지만 신혁돈은 이미 저만치 걸어가고 있었다.

신혁돈을 놓친 간수호가 윤태수에게 물었다.

"…무슨 뜻입니까?"

윤태수는 여전히 미소를 띈 채로 대답했다.

"낭중지추, 날카로운 송곳은 언제든 주머니를 뚫고 나오게 마련입니다."

그제야 이해한 간수호 또한 헛웃음을 흘렸다.

자신감, 그 이상의 표현이었다.

하지만 부정할 순 없었다.

그래서 헛웃음이 난 것이다.

"그럼 뒷일을 부탁드리겠습니다."

인천 도심 한복판에서 꽤 많은 사람이 죽었고, 거대한 괴물이 나타났다. 원래 같았다면 당장에라도 관리국에 소환되어 조사를 받아야 마땅하다.

하지만 더 가드라는 이름이 모든 절차를 무색하게 만들어 줄 것이었다.

말의 의도를 파악한 간수호가 대답했다.

"예, 그럼 고생하십시오."

*　*　*

"안에서 무슨 일이 있었던 건가요?"

"마이더스 길드가 더 가드를 습격했다는 게 사실입니까?"

패러독스 길드원들은 침묵으로 일관하며 차에 올랐다.

몰려드는 기자들을 뿌리치고 나온 신혁돈까지 차에 오르자 윤태수가 핸들을 쥐었다.

"가면까진 아니더라도 얼굴 가릴 만한 후드 같은 게 필요하겠습니다. 형님 망토 같은 걸로."

그러자 뒷자리에 앉아 있던 고준영이 말했다.

"오, 그거 좋네. 길드원끼리 하나 맞추지 말입니다."

두 사람의 말에 신혁돈이 고개를 끄덕였다.

"알아서 해라."

"넵."

"바로 오렌지 홀로 갑니까?"

"그래."

윤태수가 차를 출발시키자 두 대의 차가 그 뒤를 따랐다.

운전을 하던 윤태수가 신혁돈에게 물었다.

"더 가드가 알아서 잘하겠지 말입니다."

신혁돈은 룸미러를 통해 윤태수를 바라보며 물었다.

"뭘?"

화이트 홀에 대한 처리인지 이번 사건에 대한 처리인지를 묻는 질문이었다. 윤태수는 핸들을 톡톡 건들다 말했다.

"둘 다 말입니다."

"허튼 욕심 부릴 놈들은 아니야."

신혁돈의 말에 윤태수가 고개를 끄덕였다.

더 가드가 욕심이 없는 이들은 아니지만, 그렇다고 오르지 못할 나무에 분풀이를 할 사람들은 아니다.

별다른 대화 없이 오렌지 홀에 도착한 일행은 차에서 내려서 짐을 꺼내곤 오렌지 홀 A등급 차원문을 향해 걸었다.

그러자 주변에 있던 이들의 시선이 패러독스에게 집중되었다.

그들은 스마트폰과 패러독스들을 번갈아 보며 웅성거렸다.

"저 사람들… 패러독스 아냐?"

"맞는 거 같은데? 저 사람 어깨에 저 새, 그 괴물 새 같이 생겼는데."

"방금 마이더스가 더 가드 공격했대! 패러독스도 같이 있었다면서?"

"근데 벌써 여기 와 있다고?"

웅성거리는 사람들 틈 사이로 패러독스는 묵묵히 걸었다.

시선이 몰리는 게 익숙하지 않은 이들은 아무렇지 않은 척을 하기 위해 앞사람의 뒤통수만 보고 있었다.

저등급 차원문 근처에 있던 이들은 오렌지 홀 깊은 곳으로 들어가는 패러독스 길드원들을 보며 한 마디씩 던졌다.

"설마 A등급으로 가는 건가?"

"에이, 아직 더 가드나 마이더스도 공략 못한 곳인데 패러독스가 무슨 수로?"

패러독스는 그들의 말을 비웃기라도 하듯, A등급의 차원문 앞에 섰다.

그리곤 A등급 차원문 입구 보드에 글자를 적었다.

—패러독스 길드가 개척 중, 난입 금지

클리어 여부 혹은 차원문에 대한 정보를 기록해 두는 게시판, 보드에 기입을 마친 윤태수가 말했다.

"그럼 2차 각성하러 가 봅시다."

윤태수의 말과 함께 11명의 길드원이 차원문으로 들어갔다.

그들이 들어간 뒷모습을 보던 사람들은 자신의 눈을 의심했다.

"…A등급을 토벌한다고? 패러독스가?"

"대박……."

사람들은 핸드폰을 꺼내 패러독스가 남기고 간 보드의 사진을 찍은 뒤 스스로 발 없는 말을 자처하며 SNS에 소문을 퍼 나르기 시작했다.

제3장

사막의 주인

"오… 정말 싫은데……."

차원문에 들어오자마자 미간을 찌푸린 백종화의 첫마디였다.

"사막이네요."

안지혜의 말대로 망망대해에 버금가는 사막이 펼쳐져 있었다.

하늘 높이 떠 있는 거대한 태양이 자신의 존재감을 뽐내고 있었고, 사막은 지평선 너머까지 펼쳐져 있었다.

"모래 말고는 아무것도 없는… 사막이네요."

흔한 선인장도 바람에 깎여나간 바위도, 자잘한 돌들도 없는 모래밖에 없는 사막이 시선이 닿는 곳 전부를 가득 채우고 있었다.

모두가 한숨을 내쉬며 걱정을 하는 사이 홍서현이 들고 온 배낭을 내려놓고 그 위에 걸터앉으며 말했다.

"태닝할 때 됐는데, 잘됐네."

"정신 나간……."

백종화의 혼잣말을 못 들었는지 홍서현은 기지개를 펴며 햇빛을 즐겼다.

그때까지 주변을 살피고 있던 신혁돈이 한 방향을 가리키며 말했다.ㅉ

"이동한다."

신혁돈의 말에 일행들이 이동을 시작했다.

한참을 걷던 백종화가 마른 침을 삼켰다.

"…허,"

부드러운 모래 덕에 걸을 때마다 발이 푹푹 빠졌다. 그렇다고 신발을 벗을 수도 없는 것이 어떤 몬스터가 어디서 어떻게 나타날지 모르는 상황이다.

게다가 어지간한 차원문이 아닌 전인미답의 경지인 오렌지 홀 A등급이었다.

한순간도 긴장의 끈을 놓을 수 없는 와중에 걷기조차 힘드니 죽을 맛이었다.

'그런데 저 인간은…….'

이런 악조건 속에서도 신혁돈은 잘만 걷는다. 방향조차 잡기 힘든 사막에서도 길이 훤히 보이는 듯 모래 언덕을 오르고 있었다.

그때.

"정지."

제일 먼저 모래 언덕 꼭대기 오른 신혁돈이 손을 들어 정지 신호를 보냈다.

차원문 내에서 이동을 멈추는 경우는 단 한 가지뿐.

괴물이 나타난 것이다.

순식간에 짐을 내던진 이들이 각자의 무기를 뽑아들고 진형을 갖추었다. 그러자 신혁돈이 언덕 아래를 가리키며 말했다.

"싸움이다."

전투를 준비하라는 말이 아닌, 모래 언덕 아래서 일어난 전투를 보라는 말이었다.

그곳에선 싸움을 넘어선 전투가 펼쳐지고 있었다.

"저게… 뭐죠?"

수십 마리의 악어가 긴 주둥이를 흔들거리며 이족 보행을 하고 있다. 그것으로 모자라 짧고 뚱뚱한 손가락으로 창을 꼬나 쥐고 달리고 있었다.

신혁돈이 몸을 낮춰 모래 언덕에 기대며 대답했다.

"사막악어."

그러자 나머지 길드원들도 신혁돈을 따라 모래 언덕에 몸을 기대며 언덕 아래를 내려다보았다.

"…두 발로 뛰고 창을 휘두르는데 악어라 부를 수 있습니까?"

신혁돈은 어깨를 으쓱였으나 그 동작을 본 이는 없었다.

사막악어들이 창을 쥐고 달려드는 대상을 보느라 정신이 없었기 때문이었다.

"개미지옥……."

운동장 반절만 한 모래구덩이 정중앙에 두 개의 날카로운 기둥이 하늘로 솟아 있었다.

두 개의 기둥은 쉴 새 없이 움직이며 자신을 향해 달려드는 사막악어를 향해 모래를 뿌려댔지만 사막악어들의 돌진을 멈추진 못했다.

두 개의 기둥에 도착한 사막악어들은 꼬나 쥔 창으로 바닥을 쑤셔 댔고, 곧 기성과 함께 모래가 들썩이며 기둥의 주인이 몸을 드러냈다.

"키에에!"

머리 크기만 2m는 될 법한 놈이 모래를 뚫고 나타나 사막악어 한 마리를 씹어 삼켰다.

그와 동시에 전투가 시작되었다.

수십 마리의 사막악어들은 창과 이빨을 들이대며 개미귀신의 몸을 공격했고, 개미귀신은 모래에 들어갔다 나왔다를 반복하며 날카롭게 가시가 돋은 다리로 사막악어들을 꿰뚫고 집어삼켰다.

"맙소사……."

모래 언덕 아래, 이 세상 어디에서도 볼 수 없는 괴물들의 전투가 벌어지고 있었다.

한 손으로 열 손을 막을 수 없듯 개미귀신의 몸에 점점 상처가 늘어가며 녹색 체액이 모래를 적셨다.

전투가 시작된 지 10분여.

"끼엑!"

결국, 처절한 단말마와 함께 개미귀신의 거대한 몸이 모래 위로 쓰러졌다.

할 말을 잃고 전투를 바라보던 윤태수가 신혁돈에게 시선을 돌리며 말했다.

"저런 거랑 싸워야 된단 말… 형님?"

방금까지 엎드려 있던 신혁돈이 어느새 일어서 있었다.

윤태수가 고개를 들어 신혁돈을 바라본 순간. 신혁돈이 말했다.

"가자."

"…예?"

"개미귀신의 에르그 코어. 사막악어들이 먹게 두긴 아깝잖아."

말을 마친 신혁돈은 모래 언덕 아래로 몸을 던졌다.

"혀, 형님!"

윤태수의 시선이 신혁돈의 뒷모습에서 사막악어들에게로 향했다.

남은 사막악어의 수는 삼십가량.

개미귀신과의 전투로 지쳐 있는 데다가 여기저기 상처를 입은 상황.

'승산이 있나?'

아니, 있다.

신혁돈이 달려 나간 데에는 이유가 있을 것이다.

윤태수가 입술을 깨물며 벌떡 일어섰다.

"갑시다!"

소리를 지른 윤태수가 빛의 날개를 뽑아내며 신혁돈의 뒤를 따랐고, 그 뒤로 길드원들이 일어나 모래 언덕을 내려왔다.

"쿠카카!"

사냥에 성공한 사막악어 무리의 대장으로 보이는 놈이 개미귀신의 머리 위에 올라가 포효를 질렀다.

다른 사막악어가 2m가 조금 넘는 키에 옅은 모래색 피부를 지니고 있는 반면, 사막악어 대장은 3m에 달하는 키에 붉은 피부, 그리고 반달형으로 생긴 검을 들고 있었다.

"카쿠?"

허공에 검을 휘두르며 포효하던 사막악어 대장은 부하들이 자신이 아닌, 자신의 뒤를 가리키는 것을 보고 뒤를 돌았다.

그곳엔 모래 먼지를 일으키며 달려오는 괴물이 있었다.

분명한 적의.

자신들이 잡은 개미귀신의 시체를 노리는 것이다.

분노한 사막악어 대장이 검 끝으로 신혁돈을 가리키며 소리쳤다.

"쿠크하!"

그러자 남은 사막악어들이 짧고 뚱뚱한 손가락으로 창을 쥐고서 신혁돈을 향해 달려들었다.

신혁돈과 사막악어가 맞부딪히기 직전. 신혁돈이 발걸음을 멈추었다.

하지만 사막악어들은 멈출 생각이 없었고 그대로 신혁돈을 향해 달려들었다.

"크하!"

제일 먼저 달려온 사막악어의 창과 신혁돈이 뽑아낸 몰맨의 손톱이 맞부딪힌 순간 신혁돈이 일으킨 모래 먼지 사이로 열 명의 인간이 나타났다.

"쿠카! 흐!"

"카쿠! 하!"

"죽여!"

사막악어의 기성과 인간의 외침이 허공에서 만나며 전투가 시작되었다.

도착하자마자 진형을 갖춘 패러독스는 사막악어들에게 순식간에 포위되었지만 당황하지 않고 창을 맞받아쳤다.

방금 개미귀신과의 전투를 지켜보며 공격 패턴을 어느 정도 봐 두었기에 가능한 일이었다.

개중에도 진형에서 떨어져 나와 홀로 전투를 벌이고 있는 신혁돈의 활약이 눈에 띄었다.

2m에 달하는 사막악어와 비슷한 덩치로 변한 신혁돈은 몬스터 폼이 낼 수 있는 힘을 끝까지 끌어올리며 몰맨의 손톱을 휘둘렀다.

창의 긴 리치 때문에 공격이 제한되자 사막악어들은 창을 집어 던지고 손톱과 입으로 상대했다.

게다가 사막악어는 체계화된 전술을 보유하지 못했다. 그 때문에 진을 형성하지 못했고, 신혁돈은 개싸움에 난입한 사자처럼 사막악어들을 휘저을 수 있었다.

"카쿠흐!"

"콰우우!"

신혁돈의 손톱 아래 열댓 마리의 사막악어가 쓰러졌다.

그때.

"카하!"

신혁돈의 앞으로 붉은 피부의 사막악어 대장이 모습을 드러냈다.

반월형 검, 일명 샴쉬르를 쥔 사막악어 대장은 거친 포효를 터뜨리며 신혁돈의 목을 향해 샴쉬르를 휘둘렀다.

챙!

하지만 샴쉬르는 신혁돈의 목에 닿기 전 그의 손톱에 막혔고, 신혁돈은 손톱을 비틀어 샴쉬르를 빼지 못하게 묶어두었다.

그리고 샴쉬르를 들고 있는 사막악어 대장의 손목을 잘라냈다.

"크아… 끅!"

사막악어 대장이 고통에 찬 비명을 지르는 순간. 몰맨의 손톱이 사막악어 대장의 턱에 박혔고, 그걸로 모자라 머리를 뚫어버렸다.

단 두 합에 사막악어 대장을 끝낸 신혁돈이 뒤를 돌아보았다.

뒤쪽의 전투도 거의 끝나 몇 마리의 사막악어만 남은 상황.

신혁돈은 그들을 돕지 않고 사막악어들의 시체에서 에르그 기관을 흡수하기 시작했다.

*　　　*　　　*

곧 전투가 끝나고 에르그 코어를 배분한 패러독스의 길드원들이 개미귀신의 시체 앞에 섰다.

"…겁나 크네."

"정말… 엄청나게 크네요."

개미귀신은 몸의 반 이상이 모래에 묻힌 채 죽어 있었는데, 드러난 부위만 보아도 3층 건물만 한 덩치를 자랑했다.

그리고 개미귀신의 시체 위로 떠 있는 에르그 코어 또한 거대하기 그지없었다.

"아이템 나오면 좋겠다."

"안 나온다."

김민희가 설레는 목소리로 말했지만 신혁돈이 단칼에 부정했다.

"왜요?"

"개미귀신이 무엇의 유충인 줄 아나?"

"…유충이요? 그 새끼벌레라는 뜻의 유충?"

신혁돈은 대답대신 고개를 끄덕인 뒤 개미귀신의 머리 위로 올라갔다. 그리곤 에르그 코어에 손을 대서 흡수했다.

그러자 신혁돈의 말대로 아이템이 되지 않고 신혁돈의 몸으로 흡수되었다.

에르그 코어 일정량을 흡수한 신혁돈은 개미귀신의 머리 위에 선 채로 말했다.

"개미귀신은 명주잠자리의 유충이다."

김민희는 멍한 얼굴로 고개를 끄덕였다. 그에 반해 윤태수와 백종화의 얼굴은 사색이 되어 있었다.

"오… 세상에. 그럼 이게 변태한 성충은 얼마나 크다는 겁니까…….”

그제야 신혁돈의 말뜻을 이해한 김민희 또한 사색이 되어 개미귀신의 사체를 바라보았다.

“여객기만 하지.”

신혁돈의 말에 홍서현은 눈을 질끈 감았다.

“…어쩐지 쉽더라.”

사막악어는 오렌지 홀 A등급에 어울리지 않을 정도로 약했다.

이상하다 생각했는데 알고 보니 그게 당연한 것이었다.

사막악어는 오렌지 홀 A등급의 괴물이 아닌, 그들의 먹이였으니까.

“그럼… 저놈의 성충은 뭡니까?”

“세뿔가시벌레.”

외형이 상상되지 않는 이름에 홍서현이 미간을 문질렀다.

“크기는 여객기 정도. 머리에 3m 정도 되는 뿔이 세 개 달려 있어서 세 뿔, 여섯 개의 다리에 자잘한 가시가 돋아 있어서 가시, 그래서 세뿔가시벌레다.”

신혁돈의 설명이 모두의 인상이 찌푸려졌다.

“…차라리 잠자리가 낫겠는데…….”

“약점은 세 개의 뿔 사이에 있는 작은 숨구멍이다. 뇌와 바로 연결되어 있기 때문에 숨구멍으로 들어가서 뇌를 부수면 즉사한다.”

"잠깐, 들어간단 말입니까? 벌레의 몸 안으로?"

신혁돈은 당연하다는 듯 고개를 끄덕이곤 말을 이었다.

"매우 날렵하고 공격적이며 배가 고프지 않아도 먹이를 쌓아놓는 습성이 있기 때문에 놈의 눈에 걸리는 즉시 전투가 시작될 거다. 다행인 점은 덩치가 있기 때문에 근처에 오면 엄청나게 큰 날갯소리가 난다. 날갯소리는 전기톱 소리와 비슷하다."

신혁돈의 설명이 계속될수록 길드원들은 사색이 되어갔다.

여객기만 한 크기의 벌레와의 전투는 누구도 생각해 보지 못했다.

"만약 숨구멍을 노릴 수 없는 상황이라면 두 쌍의 겉날개와 속날개, 그리고 여섯 개의 다리, 두 개의 눈 순으로 파괴해 사냥하며 팀은 세 개로 나눈다. 어그로 담당과 서브 어그로 담당. 그리고 파괴 팀이다. 팀은……."

그때.

차분한 표정으로 설명하던 신혁돈이 말을 멈추고 하늘을 향해 시선을 던졌다.

그의 시선을 따라 스무 개의 눈이 하늘로 향했으나 구름 한 점 없는 하늘만 보일 뿐, 아무것도 보이지 않았다.

무엇보다 전기톱 소리가 들리지 않아 안심하려던 찰나. 신혁돈이 미소를 지으며 말했다.

"타이밍 좋군."

알 수 없는 불안감에 윤태수가 뒷목을 문지르며 물었다.

"…어떤 타이밍 말입니까?"

"174초 뒤, 세뿔가시벌레가 온다. 곧 옆 사람이 말하는 것도 안 들릴 테니 팀부터 정하지. 이남정, 김민희, 백종화, 안지혜 1팀. 너흰 메인 어그로다. 세 떨거지, 그리고 이서윤, 너흰 서브 어그로다. 윤태수, 홍서현은 나와 함께 간다."

신혁돈이 말이 끝남과 동시에 귓바퀴를 울리는 웅웅거리는 소리가 길드원들의 귀를 간질였다.

"…진짠가."

김민희의 혼잣말에 대답하듯 웅웅거리던 소리는 곧 공격적인 소리로 변했고, 신혁돈이 말한 전기톱 소리가 무언지 이해가 될 때쯤 검은 점이 하늘 끝에서 날아오는 것이 보였다.

"정교한 공격보단 주변을 휩쓰는 공격이 잦으니 다리의 궤적만 보면 피하는 건 어렵지 않다. 단, 한 번 공격당하면 죽으니 알아서 피해라."

신혁돈의 말이 시작될 때쯤 손톱만 했던 검은 점은 신혁돈의 말이 끝나자 주먹만 해졌고 심호흡을 한두 번 하자 거대한 세 개의 뿔의 형태가 보일 정도로 가까워졌다.

드드드드드!

"죽지 마라!"

신혁돈의 외침과 동시에 세뿔가시벌레가 지상으로 날아들었다.

*　　　*　　　*

윤태수는 고개를 저었다.

자신이 알고 있는 여객기는 저렇게 크지 않다.

저건 여객기가 아니라 건물이다.

거의 3층 건물과 맞먹을 크기의 벌레가 하늘에서 내려오고 있었다.

"씨발……."

거대한 날개가 쉴 새 없이 움직이자 귓등에 대고 전기톱을 돌려대는 듯한 소리가 났다.

그뿐만 아니라 날개에서 이는 바람은 순식간에 모래 폭풍을 만들어냈고, 시각과 청각을 모두 앗아갔다.

"맙소사……."

한 치 앞도 보기 힘든 모래 폭풍 속에서 세뿔가시벌레의 검은 광택의 껍질만이 햇빛을 받아 반짝였다.

어지간한 광경에는 눈 하나 깜짝하지 않을 자신 있던 윤태수마저도 넋을 잃고 그 광경을 바라보고 있었다.

그때.

"콰우우!"

세뿔가시벌레의 날갯소리를 뚫고 신혁돈의 포효가 울려 퍼졌다.

그제야 정신을 차린 이들이 세뿔가시벌레의 육중한 다리를 피해 사방으로 도망쳤다.

하지만 세뿔가시벌레가 뿜는 위압감에 공격은커녕 제대로 뛰지도 못하고 있었다.

아이가투스의 눈속임 망토의 능력으로 향상된 시야를 가진 신혁돈은 빠르게 길드원들의 위치를 훑었다.

이대로는 전멸이다.

신혁돈은 자신의 어깨에 있던 도시락을 손에 쥐며 에르그 에너지를 끌어 올렸다.

"시간을 끌어라!"

자신이 가진 에르그 에너지의 반가량을 도시락에게 넘긴 신혁돈은 도시락을 하늘을 향해 집어 던졌다.

"까아악!"

순식간에 원래의 크기로 돌아온 도시락은 세뿔가시벌레의 옆을 스치듯 지나치며 화염을 뿜었다.

신혁돈의 에르그 에너지가 섞인 화염은 모래 폭풍을 뚫고 세뿔가시벌레의 몸에 불을 붙였다.

도시락 또한 진화를 통해 어마어마한 크기를 자랑했지만 세뿔가시벌레에 비교하자면 500*ml* 페트와 1.25L 페트 정도의 차이가 났다.

게다가 둥그런 외형을 가졌기에 더욱 큰 차이가 났고, 얼핏 보기엔 파리가 딱정벌레의 주변을 맴도는 것 같기도 했다.

불이 붙은 것을 확인한 도시락은 뒤도 돌아보지 않고 하늘 높이 날았고, 세뿔가시벌레 또한 도시락의 뒤를 따라 하늘로 솟구쳤다.

그 순간 신혁돈은 길드원들의 뒷목을 잡아채 한군데로 끌어모았다.

"정신 차려라!"

아직까지도 귀가 얼얼한 탓에 신혁돈이 하는 말이 들리지 않았다. 간신히 신혁돈의 입 모양을 읽은 이들이 머리를 휘휘 저어대며 정신을 차리려 노력했다.

"두 번째 기회는 없어."

의외로 제일 먼저 정신을 차린 것은 홍서현이었다.

멍한 눈으로 신혁돈을 바라보던 그녀는 벼락이라도 맞은 듯 몸을 움찔거리더니 벌떡 일어서서 지팡이를 높이 들었다.

그러자 지팡이에서 노란색 빛이 뿜어져 나와 길드원들을 감쌌고, 얼마 지나지 않아 흐리멍덩하던 눈의 길드원들이 하나둘씩 초점을 되찾았다.

[가이아의 태양 축복이 적용됩니다.]

[외부 자극에 의한 상태 이상에 저항 효과를 얻습니다.]

신혁돈은 눈앞에 뜬 메시지 창을 본 뒤 홍서현을 바라보았다.

"잘했다."

신혁돈이 생각 못한 것.

포식자를 맞닥뜨렸을 때의 공포였다.

세뿔가시벌레가 가진 위압감에 눌린 길드원들이 발이 굳을 것이라고는 생각하지 못했다.

자신은 그런 적이 없었기 때문이다.

신혁돈은 고개를 주억거리며 말했다.

"내 실수다."

우레 같던 날갯소리에 묻혀 지금까지 들리지 않던 그의 목소리가 드디어 들리기 시작했다.

백종화는 고개를 휘휘 젓고선 말했다.

"A등급… 상상 이상입니다."

"형님 실수가 뭐 있겠습니까, 저희가 쫄아서 그렇지."

윤태수는 긴장이 풀렸는지 어깨를 돌리며 말을 받았다.

도시락이 세뿔가시벌레의 시선을 끌어준 덕에 조금의 시간을 벌었다. 길드원들은 하늘을 올려본 뒤 신혁돈에게 시선을 돌렸다.

"홍서현, 태양 축복의 지속 시간이 어떻게 되지?"

"내 에르그 에너지가 바닥날 때까지. 얼추 30분 정도 버틸 거 같은데."

"충분해. 다들 잘 들어. 겁먹지 마라. 저건 단순한 벌레 새끼야. 너희가 사냥할 수 있는 사냥감이라고."

신혁돈의 말이 현실적으로 다가올 리는 없다.

하지만 공포가 사라지며 정상적으로 돌기 시작한 머리가 그들에게 희망이라는 단어를 떠올리게 만들었고, 희망은 곧 용기가 되었다.

"다시 설명한다. 나와 윤태수, 홍서현을 제외한 나머지는 세뿔가시벌레의 시선을 끌며 다리를 노린다. 거대한 덩치만큼 위험한 공격을 하지만 벌레 새끼인 만큼 단순한 공격 패턴을 가지고 있어. 그러니까 쫄지 마라. 너희들은 할 수 있다."

신혁돈의 말이 끝나기 무섭게 다시 날갯소리가 들리기 시작했다.

"작전은 이렇다."

신혁돈은 재빨리 작전을 설명했고, 날갯소리가 다시 커지기 직전 길드원들이 고개를 끄덕였다.

그리고 모두가 무기의 손잡이를 쥐었고 눈빛이 달라졌다.

"가자."

신혁돈의 말에 모두가 하늘을 올려보았다.

세뿔가시벌레의 시선을 끌고 있던 도시락은 한계에 다다랐는지 뒤를 잡힌 채 사력을 다해 도망치고 있었다.

그 모습을 본 신혁돈이 소리쳤다.

"그만!"

굉장히 먼 거리였지만 신혁돈의 목소리를 들은 도시락이 바로 방향을 틀어 지상으로 추락하듯 내려왔고, 그 뒤를 따라 세뿔가시벌레가 날아들었다.

도시락이 날개를 접은 채 모래에 처박을 듯 빠르게 떨어졌다가 바닥에 닿기 직전에 날개를 활짝 펴며 하늘로 솟구쳐 올랐다.

하지만 세뿔가시벌레는 자신의 무게를 이기지 못하고 모래에 처박히고 말았다.

콰콰콰쾅!

지진이라도 난 듯 땅이 흔들렸고, 모래가 엄청난 높이로 치솟아 올랐다.

그 순간.

"묶어라!"

"붙잡아라!"

안지혜와 백종화의 마법이 발동되며 모래가 일어섰다.

두 사람의 에르그 에너지는 모래를 움직여 거인의 손을 만들어냈고, 거인의 손이 세뿔가시벌레의 다리를 붙잡은 순간.

"뛰어!"

신혁돈이 홍서현을 품에 안은 뒤 언덕을 타고 세뿔가시벌레의 옆을 지나 달렸다. 윤태수 또한 등의 빛의 날개를 빛내며 신혁돈의 뒤를 따랐다.

세 사람이 세뿔가시벌레의 뒤를 잡은 순간.

세뿔가시벌레가 자신의 다리를 붙잡은 거인의 손을 뿌리친 뒤 길드원들을 바라보았다.

그때.

"우리도 갑시다!"

세 떨거지와 이남정, 그리고 김민희가 고함을 지르며 세뿔가시벌레에게로 돌진했다. 세뿔가시벌레 또한 그들을 향해 세 개의 뿔을 휘두르며 거대한 입을 벌렸다.

거인의 손이 해제된 순간, 이남정은 신혁돈 일행을 바라보았다.

세뿔가시벌레의 뒷다리 근처로 신혁돈이 달려가고 있었다. 백종화는 그들의 위치를 계산한 뒤 소리쳤다.

"솟아나라!"

백종화의 언령이 발동되며 세뿔가시벌레의 다리 옆으로 거대한 모래 기둥이 솟구쳐 올랐다.

그러자 신혁돈과 윤태수가 땅을 박차고 모래 기둥에 올라섰고, 그가 모래 기둥을 박찬 순간 새로운 모래 기둥이 솟아올라 그들을 받아주었다.

세 개의 모래 기둥을 밟고 순식간에 세뿔가시벌레의 등에 올라선 신혁돈이 외쳤다.

"달려!"

땅에 있는 아홉 명의 길드원을 상대하느라 정신이 팔린 세뿔가시벌레는 날개를 접은 상태였다.

날개를 편다면 신혁돈과 윤태수, 홍서현은 그대로 떨어지고 만다. 그전에 날갯죽지에 도착해야 한다.

윤태수는 괴물로 변한 신혁돈에 못지않은 속도로 달렸고, 얼마 지나지 않아 세뿔가시벌레의 날갯죽지에 도착했다.

그 순간.

달려 나간 신혁돈은 속도를 이용해 날갯죽지를 들이받았다.

쿠웅!

신혁돈의 품에 안겨 있던 홍서현이 무어라 비명을 질렀지만 이내 지팡이를 들고 신혁돈과 윤태수에게 가이아의 축복을 걸어주었다.

날갯죽지에 돋아 있는 가시가 신혁돈의 어깨를 파고들었지만 신혁돈은 개의치 않은 채 몰맨의 손톱을 뽑아내 날개와 몸을 연결하는 부위를 베어내기 시작했다.

신혁돈이 시작한 것을 본 윤태수는 손등에 새겨진 마법진에서 아차람의 구슬들을 꺼내들었다.

그제야 고통을 느낀 세뿔가시벌레가 몸을 흔들며 날개를 움직일 준비를 했지만 이미 늦었다.

"터뜨려!"

윤태수가 고개를 끄덕인 뒤 증폭을 발동시켰다. 그의 등에서 빛의 날개가 펼쳐진 순간.

콰콰쾅!

아차람의 구슬들이 연쇄적으로 폭발하며 세뿔가시벌레의 등껍질과 한 쪽 날개를 날려 버렸다.

그의 뒤질세라 신혁돈 또한 괴력을 발휘하며 겉날개를 뜯어 버렸다.

세뿔가시벌레가 뒤늦게 한 장 남은 속날개를 흔들었지만 속날개 하나로 거대한 몸을 뜨게 할 순 없었다.

"가자!"

신혁돈은 떨어지려는 홍서현을 꽉 잡은 뒤 머리를 향해 달렸다.

신혁돈과 윤태수는 머리끝에서 멈추지 않고 하늘 높은 줄 모르고 솟아 있는 세뿔가시벌레의 뿔을 타고 올라갔다.

뿔의 끝에 다다른 순간.

"쿠어어어어!"

세뿔가시벌레가 크게 몸을 흔들었다.

"으어!"

그 순간 윤태수가 발이 미끄러지며 균형을 잃었고 바닥으로 떨어지려는 찰나, 뿔에 돋아난 가시를 붙잡았다.

신혁돈은 재빨리 윤태수의 손을 쥐고 뿔의 위로 끌어올렸으나 날개를 잃은 세뿔가시벌레가 난동을 피우기 시작하자 균형을 잡을 수 없었다.

뿔에 나 있는 가시를 붙잡은 채 버티긴 했지만 이래서는 작전을 시작할 수 없다.

원래의 작전은 홍서현이 두 사람에게 버프를 건 뒤, 신혁돈이 뿔의 끝에 매달린 채 숨구멍을 향해 윤태수를 집어 던지는 것이었다.

한데 이렇게 흔들려서는 매달릴 수도, 윤태수를 집어던질 수도 없다.

홍서현이 신혁돈의 목을 끌어안은 채 소리쳤다.

"이제 어떻게 해요!"

신혁돈은 대답 대신 뿔 아래, 땅으로 시선을 던졌다.

지상에서는 검지만 한 크기의 길드원들이 두 팀으로 흩어져 다리를 공략하고 있었다.

세뿔가시벌레는 화가 나는지 마구잡이로 다리를 휘두르고 있었지만 길드원들은 요리조리 피하며 다리에 상처를 입히고 있었다.

개중 눈에 띄는 것은 이서윤이 만든 골렘이었다.

검은 광택을 띄는 골렘은 공격당하는 것을 두려워하지 않는 데다 지치지도 않고 끈질기게 달라붙어 다리 한 쪽을 걸레짝을 만들어 놓고 있었다.

그때, 신혁돈의 눈에 이채가 띄었다.

"도시락!"

신혁돈의 소리와 함께 하늘 높이 솟구쳤던 도시락이 급강하하기 시작했고.

"다리를 부숴!"

신혁돈의 명령과 동시에 도시락이 방향을 틀어 걸레짝이 된 세뿔가시벌레의 다리를 노리고 쏘아졌다.

"까아악!"

순식간에 날아든 도시락이 세뿔가시벌레의 다리를 들이받았다.

그 순간 다리의 관절이 반대로 꺾이며 부러졌고, 세뿔가시벌레가 균형을 잡기 위해 몸을 세웠다.

그리고 기회가 찾아왔다.

"지금!"

신혁돈이 윤태수의 뒷덜미를 낚아채들었다.

홍서현은 한 손으로 지팡이를 들어 자신이 사용할 수 있는 모든 버프를 사용했고, 모든 빛이 윤태수의 몸에 깃든 순간 신혁돈이 윤태수를 집어 던졌다.

배구공처럼 날아간 윤태수는 숨구멍으로 빨려 들어가듯 들어갔다.

"서… 성공인가?"

그리고 세뿔가시벌레가 움직임을 멈추었다.

동시에 모두의 호흡까지 멈추었다.

쾅!

숨구멍에서 한줄기 화염이 쏟아짐과 동시에 윤태수가 튕겨져 나왔다. 폭발의 여파로 신혁돈과 홍서현 또한 균형을 잃고 뿔에서 떨어졌다.

신혁돈은 홍서현을 품에 안은 채 아르마딜로 리자드의 피부를 최대한 발동시켰다.

하지만 바닥으로 곤두박질치는 참사는 벌어지지 않았다.
“솟아나라!”
세 사람이 땅으로 곤두박질치기 직전 백종화가 푹신한 모래를 솟게 해 윤태수를 받아주었고, 신혁돈과 홍서현은 도시락이 허공에서 받아주었다.
그 순간.
콰광! 콰과과광!
폭발은 한 번으로 끝나지 않고 몇 번을 더 터졌다.
숨구멍과 연결되어 있던 세뿔가시벌레의 머리에서 화염이 솟구치며 터져나가고 사방으로 날아갔다.
쿠구구구구!
그와 동시에 거대한 세뿔가시벌레의 몸이 쓰러지기 시작했다.
아래 있던 길드원들은 당황하며 사방으로 흩어졌다.
쿠우웅!
후우우욱!
거대한 몸이 쓰러지며 사방으로 모래가 휘몰아쳤고 모래가 가라앉았을 때 어지간한 건물만 한 크기의 에르그 코어가 태양과도 같이 환한 빛을 뿜으며 세뿔가시벌레의 몸 위에 떠 있었다.
“…이, 이겼다!”
“죽였다!”

"만세!"

신혁돈을 내려주기 위해 땅으로 내려온 도시락 또한 기성을 지르며 기뻐했고, 그때까지 신혁돈의 품에 안겨 있던 홍서현이 말했다.

"…살려준 건 고마운데, 데리고 살 거 아니면 이젠 좀 놔주지?"

신혁돈은 그제야 아르마딜로 리자드로 변한 팔로 홍서현을 붙잡고 있다는 사실을 깨닫고서 손에 힘을 풀었다.

"…진짜 잡았네."

귓가를 울리던 거대한 괴물의 기성과 날갯소리와 움직일 때마다 지축을 울리던 발걸음까지도 허상이었다는 듯 괴물이 쓰러진 사막은 고요하기 그지없었다.

*　　　*　　　*

모두가 세뿔가시벌레의 시체를 올려다보고 있었다.

저 거대한 괴수를 자신들의 손으로 잡았다는 사실에 감탄하는 것에 정신이 팔려 에르그 코어는 신경도 쓰지 않고 있을 때, 몬스터 폼을 해제한 신혁돈이 세뿔가시벌레의 등 위로 올라갔다.

그리곤 에르그 코어에 손을 뻗은 순간.

에르그 코어가 여러 갈래로 나뉘어지며 무구의 형상을 띄기 시작했다.

여전히 감탄을 하고 있던 이들의 입이 떡 벌어졌다.

"맙소사… 저게 몇 개야?"

얼마 지나지 않아 에르그 코어는 9개의 아이템을 만들어냈다.

세뿔가시벌레의 껍질과 똑같이 광택이 있는 갑옷과 방패, 검과 단검, 활 등이 나왔지만 신혁돈의 시선은 투박한 반지에 고정되어 있었다.

신혁돈이 사막의 모래색의 은은한 반지를 주워들고 정보를 확인했다.

사막의 벗 [Set]

—사막에 들어서면 몸이 가벼워집니다.

—사막에 들어서면 힘이 강해집니다.

—사막의 날씨와 모래 폭풍에 저항합니다.

—사막의 모든 생명체와 우호적인 관계가 형성됩니다.

—성장이 가능합니다.

—성장 조건이 밝혀지지 않았습니다.

신혁돈은 고민할 것도 없이 사막의 벗을 손가락에 끼웠다.

그러자 몸이 가벼워지는 것과 동시에 피부를 파고들던 뜨거운 햇살 또한 옅어지는 것이 느껴졌다.

'이렇게 효과가 좋았나?'

수치로 표현되어 있는 것이 아니었기에 몸으로 느끼는 수밖에 없었다.

몇 번 몸을 움직여 보던 신혁돈은 모두의 벗 세트 효과를 확인해보았다.

모두의 벗 [Set]

[정신의 벗, 숲의 벗, 불의 벗, 영혼의 벗, 사막의 벗.]

[5/6]

—정신의 벗 효과가 25% 증가합니다.

—숲의 벗 효과가 25% 증가합니다.

—불의 벗 효과가 25% 증가합니다.

—영혼의 벗 효과가 25% 증가합니다.

—사막의 벗 효과가 25% 증가합니다.

—밝혀지지 않은 효과입니다.

모두의 벗의 다섯 번째 세트 아이템이 나왔다. 다섯 개의 세트 아이템을 모으며 모두의 벗 효과 또한 증가되었고, 모든 벗의 효과가 25%가 올랐다. 밝혀지지 않은 하나의 효과는 스킬인 듯했다.

'25%라…….'

당장 생각나는 것은 불의 벗에 붙어 있는 스킬인 중급 치유

와 영혼의 벗에 붙어 있는 스킬인 영혼 강타였다.

그 두 가지 스킬의 효과가 25% 증가된 것만으로도 큰 이득이다.

그리고 사막의 벗에 붙어 있는 사막에서의 어드밴티지 또한 몸으로 느껴질 정도로 확연한 차이를 보였다.

만족스러운 미소를 지은 신혁돈은 모든 아이템을 수거해 아래 있는 이들에게 던져주었다.

길드원들이 아이템을 확인하는 사이 신혁돈은 도시락을 불렀다.

"먹어라."

"깍깍!"

도시락은 기뻐하며 세뿔가시벌레의 껍질을 뜯기 시작했고 신혁돈은 그 모습을 지켜보며 팔짱을 끼고 있었다.

곧 세뿔가시벌레의 내부가 드러나자 신혁돈은 세뿔가시벌레의 심장을 꺼낸 뒤 반으로 갈라 에르그 기관을 꺼내 먹었다.

[세뿔가시벌레]

—세뿔가시벌레의 육체 (Rank F, Rare, Active)

—세뿔가시벌레의 정신 (Rank F, Rare, Passive)

분배 가능 포인트 : 1

[사막악어]

—사막악어의 육체 (Rank F, Rare, Active)

—사막악어의 정신 (Rank F, Rare, Passive)

분배 가능 포인트 : 31

두 개의 스킬이 더 생겨났다.

신혁돈은 먼저 세뿔가시벌레의 육체를 발동시켰다.

그러자 신혁돈의 온몸이 벌레의 그것과도 같은 검고 번들거리는 껍질로 뒤덮였다. 변신은 그것으로 멈추지 않고 신혁돈의 머리에 세 개의 뿔을 자라나게 했으며 온몸에 자잘한 가시가 돋아났다.

아르마딜로 리자드의 피부가 육중한 방어를 자랑한다면 세뿔가시벌레의 피부는 가볍고 단단하다.

얼핏 보기에는 벌레의 껍질이 아닌 광택이 나는 검은 쇠 갑옷으로 무장한 기사의 모습과도 비슷했다.

신혁돈은 몰맨의 손톱을 뽑아 껍질을 긁어보았다.

카가각!

절삭력이 뛰어난 몰맨의 손톱에도 쉽게 베이지 않는 것을 보아 방어력 또한 아르마딜로 리자드의 피부보다 나은 듯 보였다.

만족한 신혁돈인 사막악어의 육체를 발동시켰다.

사막악어와 비슷한 모습이 된 신혁돈은 몇 번 몸을 움직여 본 뒤 변신을 해제했다.

세뿔가시벌레의 육체 스킬이 훨씬 뛰어난 탓에 사막악어의 육체 스킬이 상대적으로 모자라 보였다.

아래 있는 이들이 아이템을 살피고 나누는 것을 힐끗 바라본 신혁돈은 포식 스킬로 얻은 모든 스킬을 한 번에 발동시켜 보았다.

에르그 베어와 육눈수리, 몰맨과 아르마딜로 리자드, 그리고 이번에 얻은 두 가지 스킬까지.

"…세상에."

아이템에 별 관심이 없던 홍서현은 배낭에 걸터앉아 신혁돈을 지켜보고 있었고 신혁돈이 기괴한 모습으로 변한 것을 발견했다.

온몸은 검은 갑옷으로 뒤덮인 데다 머리에는 세 갈래의 뿔이 나 있다.

얼굴에는 붉은 눈 여섯 개가 안광을 피어올리고 있고 양손 끝에는 기다란 손톱이, 등에는 알 수 없는 생물의 날개까지 돋아나 있었다.

"저게 뭐야……."

그녀의 목소리를 들은 윤태수가 시선을 따라 고개를 돌렸고 곧 완벽한 괴물로 변해 있는 신혁돈을 발견한 뒤 말했다.

"형님의 스킬입니다. 괴물을 먹고, 그들의 능력을 얻어 사용하죠."

"…그런 게 가능해요?"

윤태수는 어깨를 으쓱인 뒤 신혁돈을 가리켰다.

"저기 증거가 있잖습니까. 무신론자가 신을 믿는 세상에 증거가 눈앞에 있는데 못 믿을 건 뭡니까?"

홍서현은 윤태수에게 눈을 흘긴 뒤 다시 신혁돈을 바라보았다.

'…저게 구원자라고?'

홍서현이 가이아의 계시를 받으며 각성하던 그날.

가이아는 분명히 말했다.

인류의 구원자를 도와 마신 그리드를 막아내라고.

한데 저건 구원자라기보다는 마신에 어울리는 외형 아닌가.

홍서현은 미간을 긁적인 뒤 윤태수에게 말했다.

"저 사람, 성격은 어때요?"

목걸이 하나를 챙긴 윤태수는 만족스러운 표정으로 목걸이를 살피고 있다가 신혁돈에게로 시선을 돌렸다.

그리곤 한 치의 고민도 없이 대답했다.

"지랄 맞죠."

"…참신하네요. 자기 상사보고 지랄 맞다니."

"상사면 지랄 맞다 안 하지, 형님이니까 할 수 있는 소립니다."

홍서현이 미간을 찌푸리며 윤태수를 바라보았다. 하지만 윤태수는 목걸이를 살피느라 여념이 없었다.

혀를 찬 홍서현은 다시 고개를 돌려 신혁돈을 바라보았고, 그 옆에서 세뿔가시벌레의 시체를 뜯고 있는 도시락을 발견했다.

'희한해.'

보통의 각성자들, 아니, 사람들과도 다르다.

패러독스 자체가 신혁돈의 독재로 돌아가는 것처럼 보였으나 막상 함께 지내보니 독재자가 아닌 방임주의자다.

풀어질 땐 한없이 늘어져 아무것도 안 하지만 막상 전투에 돌입하면 다들 사람이 달라져 흉흉한 기세를 뿜어댄다.

홍서현은 고개를 휘휘 저어 잡념을 털어버렸다.

'나쁠 건 없지.'

이들은 강하다.

세간에서 평가하는 등급 기준을 훨씬 상회할 정도의 실력을 가지고 있으면서도 뽐내려 하거나 굳이 티를 내지 않는다.

그저 자신의 일을 할 뿐.

그게 마음에 든다.

* * *

새로 얻은 스킬과 기존 스킬들을 스피릿 링크를 통해 발동시켜 보며 스킬들의 조율을 마친 신혁돈이 아래로 내려왔다.

그러자 여기저기 널브러진 채 쉬고 있던 이들이 하나둘씩 신혁돈의 앞으로 모여들었다.
"할 만하지?"
"…아뇨."
"다신 하고 싶지 않은데."
신혁돈의 말에 여기저기서 불만이 터져 나왔으나 애초부터 대답을 원한 게 아니었던 신혁돈은 다른 이들의 말을 무시한 채 제 할 말을 이었다.
"오렌지 홀 A등급이라는 것을 감안할 때 저 녀석만큼 거대한 세뿔가시벌레는 둘 내지 셋일 거다. 보스 몬스터까지 포함하면 미니멈 셋, 맥시멈 다섯."
"하아……."
직접 세뿔가시벌레의 숨구멍에 들어갔다 나온 윤태수는 한숨을 내쉬었다. 그의 뒤에 서 있던 백종화가 윤태수의 등을 두들겨주며 물었다.
"헤드 헌팅은 안 됩니까?"
"보스 몬스터는 여왕일 가능성이 크다. 즉 알을 낳는 존재일 것이고, 벌레들의 특성상 여왕을 보호하는 무리가 있게 마련이지."
결국 불가능하다는 소리.
신음을 흘린 백종화가 다시 물었다.
"그럼 하나씩 하나씩 정리하는 겁니까?"
신혁돈은 엄지로 뒤를 가리키며 말했다.

"저 크기가 맥시멈 다섯이라는 거지, 저것보다 작은 것들은 백 단위가 넘을 텐데 하나씩 잡다가는 몇 년은 걸릴걸?"

신혁돈의 말에 이남정이 손을 들고 물었다.

"그럼 어떻게 합니까?"

신혁돈은 대답 대신 사막악어 스킬을 발동시켰다.

이전 같았다면 사막악어의 힘 A랭크를 찍어야 가능했을 전신 몬스터 폼이 포식 스킬의 랭크 업으로 인해 F랭크에서도 가능해졌다.

순간 사막악어의 모습으로 변한 신혁돈은 악어처럼 툭 튀어나온 입으로 말했다.

"사막악어를 이용한다."

신혁돈이 변신하는 모습을 제대로 보는 것이 처음인 이들은 경악했고, 나머지들은 신혁돈의 말에 집중했다.

"사막악어들이라 해봤자 세뿔가시벌레의 먹이 아닙니까? 어떻게 이용할 수 있습니까?"

이게 정보의 힘.

7개의 색이 있는 차원문의 등급 중 마지막 단계인 퍼플 홀까지 가본 신혁돈은 어지간한 몬스터들의 특성과 습관. 약점까지도 꿰고 있었다.

그렇기에 일반적인 각성자들은 상상조차 하지 못하는 작전을 생각해낼 수 있었다.

"이 사막이 얼마나 넓을 것 같나?"

신혁돈과 눈이 마주친 이남정은 주변을 휘휘 둘러본 뒤 대답했다.

"세뿔가시벌레들이 날아다닐 정도면 어마어마하게 넓지 않겠습니까?"

"그럼 이 사막에 얼마나 많은 사막악어가 있을까?"

사막도, 사막악어라는 종족도 처음이다.

상상은 가능해도 예상은 불가능한 질문에 이남정은 대답 대신 주변 사람들을 바라보았다.

아무도 구원의 손길을 뻗지 않았고 이남정은 결국 어깨를 으쓱였다.

"난 적어도 만 단위 이상이라 예상한다."

"…만? 일십백천만 할 때 그 만 말입니까?"

신혁돈은 고개를 끄덕인 뒤 말을 이었다.

"그래, 그리고 모든 사막악어를 규합해 한 번에 공격한다면 여왕의 호위병들도 손쉽게 물리칠 수 있겠지."

"허."

상상도 가지 않는 스케일에 윤태수가 헛웃음을 흘렸다. 신혁돈은 이번에 얻은 사막의 벗이 끼워진 손을 들어 올려 모두에게 보여주며 말했다.

"이 반지의 능력 중 하나가 사막의 생명체들에게 호의를 얻는 것이다. 이걸 이용하면 충분히 가능한 작전이야."

신빙성은커녕 1%의 믿음도 가지 않는 작전 계획에 길드원들은 쉬이 대답하지 못했다.

지금까지 길드원들이 다녔던 차원문에는 이렇게 거대한 괴물도, 드넓은 사막도, 엄청난 수의 몬스터도 없었다.

그렇기에 더욱 믿음이 가지 않았다.

침묵 속 백종화가 물었다.

"그걸… 어떻게 아시는 겁니까?"

신혁돈은 거침없이 대답했다.

"감."

"감만 믿고 실행할 수 있는 작전은 아닌 것 같습니다."

"내 감이 틀린 적 있나?"

백종화는 고개를 저었다.

"그럼 이것보다 나은 작전이 있나?"

없다.

백종화는 입술을 잘근잘근 씹었다.

신혁돈이 가능성 없는 작전을 제시하진 않았을 것이다.

그의 판단하에 가장 성공 가능성이 높고 실현 가능한 작전을 생각해낸 뒤 길드원들에게 이야기한 것일 것이었다.

지금까지 그래왔고 이번 또한 그럴 것이다.

윤태수는 고개를 끄덕이며 한 걸음 앞으로 나서 신혁돈의 옆에 섰다. 그리곤 뒤로 돌아 길드원들을 바라보며 말했다.

"전 찬성입니다. 형님이 짠 계획 중에 그대로 안 된 거 하나 없고, 어차피 클리어해야 하는 차원문 아닙니까? 이것보다 나은 계획이 있으면 모르겠지만 일단은 이게 맞다고 봅니다."

그러자 배낭에 걸터앉아 있던 홍서현 또한 손을 들며 말했다.

"나도 찬성."

"저도 찬성입니다. 형님이 말씀하신 계획만 들어도 전율이 돋아서 앉아 있질 못하겠습니다."

홍서현의 말 뒤로 고준영이 말했고 곧 모두가 고개를 끄덕이며 신혁돈의 작전에 동의했다.

"그럼 출발하지."

신혁돈은 세뿔가시벌레의 시체를 양껏 뜯어먹고 볼록 나온 배를 내민 채 졸고 있는 도시락을 불렀다.

"도시락을 타고 이동한다."

"…예?"

"그럼 걸어올래?"

신혁돈의 물음에 윤태수는 크게 고개를 끄덕이며 짐을 들고 도시락의 등으로 향했다.

곧 모든 일행이 도시락의 등에 올라탔고 이내 도시락이 사막의 너른 하늘을 향해 날아올랐다.

*　　　*　　　*

도시락을 타고 이동하던 일행은 집채만 한 바위를 발견하고

선 지상으로 내려왔다.

"여길 레스팅 포인트로 잡는다."

집채만 한 바위가 그늘을 만들어주고 있고, 주변보다 지대가 높았기에 경계에도 용이했다.

가져온 식량과 물은 2주 정도를 버틸 수 있는 양이었기에 모두들 고개를 끄덕인 뒤 짐을 풀고 주변을 살폈다.

그늘 아래 앉아 일행이 식사를 하는 동안 신혁돈은 도시락을 보내 주변을 정찰하게 했다.

그사이 신혁돈은 세뿔가시벌레의 몬스터 폼을 발동시켜 날개를 뽑아냈다.

한쌍의 속날개와 겉날개로 이루어진 겹날개를 퍼덕여 본 신혁돈은 고개를 끄덕였다.

지금까지 육눈수리의 날개는 전투에서 사용할 수 없었다.

어글리 베어라든가 몰맨의 힘을 사용하게 되면 몸의 구조가 변하게 되고, 그 덕에 육눈수리의 날개로 버틸 수 있는 무게를 넘어서기 때문이었다.

아르마딜로 리자드의 피부를 얻으면서 몸의 무게는 더욱 늘었다. 무엇보다 굳이 육눈수리의 날개를 사용하면서까지 상대해야 할 괴물이 나타나지 않았었다.

하지만 상황이 달라졌다.

세뿔가시벌레의 겹날개는 육눈수리의 날개보다 효율이 좋았고, 어글리 베어와 몰맨 몬스터 폼을 발동시킨 상태에서도 날 수 있게 해주었다.

도시락은 얼마 지나지 않아 사막악어 군락을 발견했고 그 사실을 신혁돈에게 알렸다.

"직접 가 봐야겠군."

"사막악어 군락으로 가십니까?"

"그래."

ㄷㄷㄷㄷㄷㄷㄷ.

마치 헬기가 이륙하는 듯한 굉음과 사방으로 모래가 휘날렸다. 신혁돈은 겹날개를 펼치며 순식간에 하늘로 날아올랐다.

"…호우."

기이한 탄성을 토한 윤태수가 손바닥으로 해를 가리며 저 멀리 날아가는 신혁돈을 올려보았다.

그의 옆에 앉아 있던 백종화가 손을 휘저어 언령을 발동시켜 자신을 향해 날아오는 모래 먼지를 흩어버리며 말했다.

"사막악어를 설득한다라… 가능할까?"

백종화의 말에 검은 점으로 변한 신혁돈에게서 시선을 뗀 윤태수가 백종화를 바라보며 대답했다.

"설득보단 힘으로 찍어 눌러 복종시킨다는 게 맞지 않겠습니까? 그보다 인간이 벌레의 날개를 달고 날아가는 데 뭔들 못하겠습니까."

윤태수의 농담에 피식 웃은 백종화가 답했다.

"그건 그렇다만, 말도 통하지 않는 괴물들이잖아."

"그러니 더더욱 힘이 통하겠지 말입니다."

백종화는 모래를 한 움큼 쥐었다가 손가락 사이로 흘리며 말했다.

"사막악어들의 왕이 된 뒤, 우리와 함께 세뿔가시벌레 여왕을 처치한다… 말은 참 멋있다만 실현 가능성이 있나 모르겠다. 만약 악어들이 우리를 적으로 보면?"

"혁돈 형님 계획대로 진행된다 했을 때, 혁돈 형님 말이면 지들 왕의 말인데 알아서 기지 않겠습니까? 혹시 모르지 않습니까. 자기들 방식으로 담긴 술을 내주고, 마누라까지 내줄지도."

사막의 어딘 가에서는 귀한 손님을 대접할 때 자신의 와이프를 내준다는 소리를 들은 적 있었다.

그걸 인용하는 윤태수의 모습에 백종화가 헛웃음을 흘렸다.

"내 쪽에서 사절이다."

"무슨 저는 대접받을 것처럼 이야기하십니다? 저도 사절입니다."

두 사람이 웃음을 흘리는 사이, 주변을 살피고 돌아온 고준영이 윤태수에게 다가오며 말했다.

"저기 뭐 조그만 게 날아가던데, 보셨습니까?"

"그거, 혁돈 형님이다."

고준영은 미간을 찌푸리며 신혁돈이 사라진 방향과 윤태수를 번갈아 보더니 윤태수의 앞에 털썩 앉았다.

"진짜 희한한 능력입니다. 괴물의 능력을 흡수한다니……."

윤태수는 어깨를 으쓱였다.

"말로 마법을 발동시키는 사람이나, 힘을 사용할 때마다 등에서 빛을 뿜는 사람도 정상은 아니지."

"뭐… 그건 그렇지 말입니다."

언젠가부터 익숙해져서 인식하지 못하고 있었지만 고준영, 자신도 일반인이 볼 때는 말도 되지 않는 힘을 가진 괴물이나 마찬가지다.

"주변에 뭐 있어?"

고준영이 고개를 주억거리자 백종화가 물었고 고준영은 그제야 이곳에 온 목적이 생각났는지 아, 하는 탄성을 흘리며 답했다.

"모래뿐입니다. 혹시 수원이라도 있을까 한 5m 정도 파 봤는데 싹 말라 있는 걸 보면 비가 아예 안 오는 동네인 것 같기도 합니다."

그의 대답에 백종화가 혀를 찼다.

"물 아껴 먹어야겠는데."

"아뇨, 괴물들이 살고 있지 않습니까? 그것들도 생물인 이상 어디선가 물을 섭취하고 있을 겁니다."

윤태수의 말이 옳다 생각한 백종화가 천천히 고개를 끄덕이긴 했지만 확고한 목소리로 말했다.

"그래도 물은 아낀다."

"예, 예."

"다른 사람들한테도 아껴 마시라고 해야겠어."

백종화는 마음먹은 김에 행동을 하기 위해 일어섰고, 엉덩이를 턴 뒤, 다른 일행들이 모여 있는 곳으로 걸어갔다.

그의 뒷모습을 바라보던 윤태수가 쯧 하고 혀를 찼다.

"저 양반도 인생 참 피곤하게 살아……."

"그러게 말입니다."

*　　　*　　　*

커다란 바위 아래 길드원을 남겨둔 신혁돈은 도시락이 알려준 방향으로 날았다.

겹날개가 쉴 새 없이 움직이며 굉음을 내고 있는 덕에 귀가 먹먹하다 못해 이명이 들리기 시작한 것을 제외하면 비행은 순조로웠다.

특히 방향 전환이 자유롭고 속도의 조절 또한 새의 날개보다 쉽게 할 수 있었기에 전투에 더욱 도움이 될 것 같았다.

신혁돈은 더욱 속력을 올렸고 곧 아이가투스의 눈속임 망토로 향상된 시야에 사막악어의 군락이 보였다.

'오아시스인가.'

축구장 1/3만 한 크기의 오아시스가 햇빛을 반사하고 있었고, 그 주변으로 모래를 쌓아 만든 건물들이 늘어서 있었다.

창을 쓰는 것을 보아 어느 정도 문명화가 이루어져 있을 것이라 생각하긴 했지만 건물까지 짓고 있을 줄이야.

'지성이 있을 수도 있겠군.'

하늘에 머문 채 군락을 살피던 신혁돈은 의아함을 느꼈다.

군락에는 사막악어가 단 한 마리도 없었다.

오아시스 근처에 놓인 바구니나 곳곳에 있는 굴뚝에서 피어오르는 연기가 버려진 군락은 아니라는 것을 말해 주었으나 움직이는 사막악어는 하나도 보이지 않았다.

사냥을 나간 것인가?

아니다.

군락의 모든 인원이 전투 인원일 리는 없다. 누군가는 새끼를 돌봐주어야 하고, 사냥을 끝마치고 돌아온 전사들을 맞이할 인원이 남아 있는 게 당연하다.

그렇다면.

'적이군.'

세뿔가시벌레가 나타난 것이다.

군락에서 전투를 벌일 순 없으니 어디론가 유인해서 사활을 건 전투를 하고 있을 것이다.

'그렇다면…….'

이것은 기회다.

어디선가 나타난 사막악어가 자신들의 천적이나 다름없는 세뿔가시벌레를 물리쳐 준다면?

게다가 그 사막악어가 자신들의 왕을 자처한다면?

일이 쉽게 풀릴 수도 있다.

신혁돈은 눈을 감은 채 모든 감각을 청각에 집중했다.

그리고 곧, 자신의 날갯소리가 아닌 다른 날갯소리를 들을 수 있었다.

신혁돈은 바로 소리가 들린 방향을 향해 날아갔다.

*　　　*　　　*

사막악어들은 자신들의 마을을 지켜내고 살아남기 위해 세뿔가시벌레에게 저항하고 있었지만 그들의 창은 세뿔가시벌레의 껍질을 뚫지 못했다.

듬성듬성 보이는 붉은 피부의 사막악어들이 세뿔가시벌레의 다리에 흠집을 내고 있긴 했지만 말 그대로 흠집일 뿐, 별다른 타격은 주지 못했다.

그에 반해 세뿔가시벌레는 적당한 반항을 즐기듯 한 마리씩 천천히 집어삼키고 있었다.

'학살이군.'

사막악어들이 기를 쓰고 세뿔가시벌레의 유충을 찾아 죽이는 이유를 알 수 있는 광경이었다.

개미귀신이 성체가 되면 절대 죽일 수 없다는 것을 알기 때문이다.

신혁돈 일행을 습격했던 놈보다는 작은 크기였지만 그래도 어지간한 건물만 한 크기의 세뿔가시벌레는 사막악어들을 잡아먹는 데 정신이 팔려 있었다.

그 덕에 자신의 머리 위로 날아오는 신혁돈을 발견하지 못했다.

적당한 고도에 도착한 신혁돈은 세뿔가시벌레 몬스터 폼과 사막악어 폼을 적절히 섞어 발동시킨 뒤 세뿔가시벌레의 머리 위로 떨어져 내렸다.

쿵!

머리쪽에 둔중한 충격을 느낀 세뿔가시벌레가 머리를 휘휘 저었다. 하지만 신혁돈은 세뿔가시벌레의 뿔을 꽉 쥐어 떨어지지 않았고, 큰 소리로 포효했다.

"쿠카호!"

익숙한 포효 소리가 세뿔가시벌레의 머리 위에서 들려오자 사막악어들이 공격을 멈추고 고개를 들었다.

그리고 세뿔가시벌레의 뿔을 쥔 채 올라서 있는 사막악어 한 마리를 발견할 수 있었다.

"카후쿠?"

"카쿠!"

사막악어와 비슷하게 생겼지만 다르다.

검은 광택이 도는 피부와 등에 달린 세뿔가시벌레의 날개. 그리고 온몸에 돋아 있는 검붉은 가시.

무엇보다 이마에 나 있는 세 개의 뿔이 자신들과는 다르다는 것을 말해주고 있었다.

사막악어들을 한 번 내려다본 신혁돈은 세뿔가시벌레의 뿔 중 가장 긴 뿔을 후려쳤다.

쿠웅!

둔중한 소리와 함께 세뿔가시벌레가 머리를 흔들었지만 신혁돈은 멈추지 않고 계속해서 뿔을 후려쳤다.

쾅! 쾅! 쾅!

세뿔가시벌레가 버둥대기 시작했고 아래 있던 사막악어들은 세뿔가시벌레의 발에 깔리지 않기 위해 사방으로 도망쳤다.

그때 세뿔가시벌레의 뿔에 금이 가기 시작했다.

콰드득!

신혁돈은 멈추지 않고 뿔을 후려쳤고 몸을 흔드는 것만으로는 자신의 머리 위에서 난동을 부리는 신혁돈을 떨어뜨릴 수 없다는 것을 깨달은 세뿔가시벌레가 모래에 머리를 처박았다.

신혁돈의 몸이 모래에 처박히기 직전.

우드득!

신혁돈은 기어코 세뿔가시벌레의 뿔 하나를 부러뜨려 어깨에 얹은 뒤 바닥으로 뛰어내렸다.

쿠우우우웅!

세뿔가시벌레의 거대한 몸이 땅에 처박히며 모래가 솟구쳐 올랐다. 세뿔가시벌레는 여기서 멈추지 않고 머리를 모래에 들이박은 채 몸을 굴렀다.

자신을 괴롭히던 신혁돈이 모래에 발을 디딘 채 자신을 바라보고 있다는 것은 모르는 듯했다.

어느 순간 고통이 가신 것을 깨달은 세뿔가시벌레가 발악을 멈추고 고개를 든 순간 2m가 넘는 세뿔가시벌레의 뿔은 든 신혁돈이 달려들었다.

세뿔가시벌레가 기겁을 하며 날개를 펼쳤지만 신혁돈이 조금 더 빨랐다.

신혁돈이 세뿔가시벌레의 머리 위까지 올라가 뿔을 뜯어낸 이유.

바로 세뿔가시벌레의 숨구멍을 노리기 위해서였다.

크기가 작은 녀석이었기에 신혁돈이 직접 들어가기엔 무리가 있었고, 그렇다고 약점을 놔두고 다른 곳을 때려 부수며 싸울 정도로 여유가 있는 것도 아니었다,

그래서 무기로 사용하기 위해 뿔을 뽑아낸 것이다.

콰직!

세뿔가시벌레의 숨구멍에 기다란 뿔이 처박혔다.

신혁돈은 거기서 멈추지 않고 숨구멍에 박은 뿔을 후려쳤다.

"콰우우우우우!"

난생처음 겪은 고통에 세뿔가시벌레가 몸부림을 쳤지만 신혁돈은 날개를 움직여 균형을 잡은 채 뿔을 더욱 깊숙이 박아 넣었다.

2m가 넘는 뿔이 숨구멍 속으로 들어가 보이지 않을 정도로 처박힌 순간.

"쿠에에……."

세뿔가시벌레가 단말마와 함께 쓰러졌다. 굉음과 함께 모래먼지가 사방으로 피어올랐고 그사이로 샛노란 에르그 코어가 모습을 드러냈다.

신혁돈은 세뿔가시벌레의 머리 위로 뛰어 올라 포효했다.

"쿠카후!"

어디선가 나타나 순식간에 세뿔가시벌레를 처리해 버린 검은 사막악어에게로 모든 사막악어들의 시선이 집중되었다.

신혁돈은 거기서 멈추지 않고 쿵쿵거리고 발을 굴러 세뿔가시벌레가 죽은 것을 증명하고선 두 팔을 넓이 벌렸다.

그리곤 크게 외쳤다.

"내가 너희들의 새로운 왕이다!"

물론 신혁돈의 말을 알아듣는 사막악어는 없었다.

하지만 분위기만은 전해졌고 모든 사막악어들은 공포와 경외가 섞인 눈으로 신혁돈을 올려다보고 있었다.

*　　　*　　　*

"화이트 홀이 열릴 겁니다."

뜬금없는 발언에 기자회견장은 정적에 휩싸였다. 그때 기자 하나가 손을 들고 물었다.

"마이더스와 텐구, 그들과 상관있는 단어입니까?"

"예, 마이더스와 텐구가 저희 더 가드를 노린 이유가 바로 이것입니다."

더 가드의 마스터, 조훈현은 질문한 기자를 바라보며 말을 이었다.

"한 달 안에 전 세계적으로 화이트 홀이 생겨날 것입니다. 그리고 화이트 홀은 2차 몬스터 브레이크를 일으킬 겁니다."

조훈현의 말이 끝남과 동시에 기자회견장이 술렁이기 시작했다.

몬스터 브레이크.

지금 여기 있는 모든 사람들이 겪은 재앙이자 아픔이 서려 있는 기억이었다.

"그게 무슨……."

"화이트 홀이 뭡니까!"

"신용할 만한 정보입니까?"

여기저기서 플래시 세례가 터지며 조훈현에게 질문이 쇄도했다. 조훈현은 대답 대신 손을 들어 기자들을 진정시킨 뒤 말을 이었다.

“예, 저의 모든 것을 걸고 지금부터 제가 말씀드리는 것에 한 점 거짓이 없다는 것을 맹세합니다.”

다시 한 번 기자회견장이 술렁였다. 조훈현은 기자들의 술렁임이 멈출 때까지 기다렸다가 말을 이었다.

“화이트 홀은 말 그대로 흰색의 차원문입니다. 그리고 화이트 홀은 붕괴된 차원문과 같이 수없이 많은 몬스터가 쏟아져 나오는 차원문이죠. 게다가 화이트 홀은 등급 또한 나뉘어 있지 않습니다. 그리고 어디서 나타날지, 어느 시간에 나타날지도 미지수죠.”

조훈현이 단상에 놓인 물을 한 모금 마시고선 기자들을 바라보며 말했다.

“아까 말씀드렸듯이 한 달 안으로 전 세계에 화이트 홀이 생겨날 것입니다. 그리고 지금까지와는 비교도 되지 않을 에르그 에너지를 지닌 괴물들을 쏟아낼 겁니다. 이 괴물들은 일반적인 괴물과 다른 점이 있습니다.”

모두의 시선이 집중된 것을 느낀 조훈현이 한 템포를 쉬었다가 말을 이었다.

“첫째는 차원문을 뚫고 나올 정도로 강력하다는 겁니다. 정예 괴물들만 나올 수 있다는 뜻입니다. 둘째는 그만큼 엄청난 보상을 줍니다. 저희가 조사한 바로는 차원문을 뚫고 나오며 몸속에 저장한 에르그 에너지의 순도가 높기에 그런 것이라 예상됩니다."

조훈현의 말이 계속될수록 타자를 치는 기자들의 손은 더욱 빨라졌다.

기자들은 질문을 하는 것조차 잊고선 조훈현의 말에 집중하고 있었다. 그런 기자들의 모습을 한 번 바라본 조훈현이 말을 이었다.

"마이더스는 바로 이 정보에 집중했습니다. 그리고 등장하는 모든 화이트 홀을 독점하겠다는 생각을 했고… 이 정보를 독점하기 위해 정보의 근원인 저희, 그리고 저희와 동맹 관계에 있는 패러독스를 습격한 것입니다."

그때, 기자 하나가 손을 들고 물었다.

"패러독스는 어떻게 관계된 겁니까?"

"차원문에서 이 정보를 캐낸 이들이 바로 패러독스입니다."

"그럼 지금 그들은 어디에 있습니까?"

"패러독스 길드원들은 화이트 홀이 생기는 것을 막을 방법이 있나 찾기 위해 또다시 차원문으로 들어가 있는 상태입니다."

"패러독스 또한 마이더스와 텐구에게 기습을 당한 상태 아닙니까?"

조훈현은 고개를 숙인 뒤 긴 한숨을 내쉬었다. 그리곤 물 한 모금을 마신 뒤 전보다 진중해진 목소리로 말했다.

"맞습니다. 그들 중 한 명은 당장 거동이 힘들 정도로 큰 상처를 입었습니다. 하지만 그들은 자신들의 안위보다 화이트 홀로 인해 인류가 겪을 혼란과 고통을 걱정했고 화이트 홀에 대한 정보를 캐내기 위해 차원문으로 들어간 겁니다."

패러독스의 포장.

조훈현은 신혁돈과 약속한 것을 확실히 지키고 있었다.

몇몇 기자들은 믿을 수 없다는 눈으로 손을 들어 질문 의사를 밝혔고 조훈현이 손을 들어 한 명을 가리키자 바로 질문했다.

"단지 인류를 위하겠다는 이유 단 하나만으로 그런 행동을 했다는 겁니까?"

"그렇습니다. 저희 더 가드와 마찬가지로 패러독스 또한 인류의 방패가 되길 자처한 이들입니다."

만약 신혁돈이 기자회견장에 있었다면 헛웃음을 흘릴, 윤태수라면 팔에 돋는 닭살을 문지르느라 바빴을 내용을 조훈현은 눈 하나 깜빡하지 않은 채 말했다.

가만히 듣고 있던 기자 하나가 조용히 읊조렸다.

"마이더… 이거 개 쓰레기네……."

그는 혼잣말이라고 했겠지만 침묵에 휩싸인 기자회견장 내에서는 모두가 들을 수 있을 정도의 목소리였다.

순간 모두의 시선이 집중되자 기자는 얼굴을 붉히며 노트북에 얼굴을 묻었다.

"그렇다면, 화이트 홀을 막을 수 있는 방법이 있습니까?"

기자의 질문에 지금까지 막힘없이 대답하던 조훈현의 표정이 살짝 굳었다.

조훈현은 신혁돈을 믿었다

그렇기에 기자회견장에서 화이트 홀에 대한 것을 꺼내 모두에게 이야기하고 있는 것이다.

하지만, 자신의 힘으로 화이트 홀이 생기기 전에 미리 탐지해낼 수 있고 그것을 막을 수 있다 말하긴 부담스러웠다.

조훈현이 망설이자 기자들의 키보드 두드리는 소리가 기자회견장을 울렸다.

방금까지 기대감을 가진 채 조훈현을 바라보던 기자의 눈에는 실망의 빛이 서려가고 있었다.

기자회견 내내 쌓아온 기대감이 서서히 무너지고 있다.

'…이래선 안 된다.'

조훈현이 마른 침을 꿀꺽 삼키며 눈을 감았다.

'나는 할 수 있다. 신혁돈의 말이 아니더라도, 나는 그런 능력이 있다. 고로 나는 화이트 홀을 탐지해낼 수 있을 것이다. 아니, 할 수 있다.'

자기 암시를 마친 조훈현이 눈을 부릅떴다. 그리곤 입을 열었다.

"예, 방법이 있습니다."

다시 한 번 플래시 세례가 터지기 시작했다.

*　　　　*　　　　*

사막이 수백에 이르는 사막악어의 숨소리로 가득 찼다.

사막악어들은 단순하다.

강자를 따르고, 약자를 배제한다.

그럼으로써 자신들의 부족이 강해진다 생각하고, 실제로도 그렇다.

남들보다 모자라거나 약한 이들이 도태되다 보니 자연스레 강점을 취한 이들만 살아남게 되고, 종국에는 종족 자체가 강해지는 결과를 낳는 것이다.

그럼에도 태생의 한계라는 것은 존재한다.

사막악어는 아무리 크게 자라도 3m가 넘지 않는 파충류다.

물론 일반적인 파충류가 아닌, 괴물로 분류되고 에르그 에너지를 통해 한계 이상의 성장이 가능하긴 하지만 태어날 때부터 굳건한 갑옷과 어마어마한 덩치를 보유하고 있는 세뿔가시벌레와는 비교를 하려야 할 수가 없는 것이다.

사막악어들도 그것을 알고 있다.

그렇기에 군락을 이루어 살며 자신들의 천적인 세뿔가시벌레의 유충을 사냥하고, 그들에게 사냥당하지 않기 위해 무기를 만들고 자신들을 단련하는 것이었다.

한데, 홀로 세뿔가시벌레를 사냥하는 사막악어가 나타났다.

자신들과도, 세뿔가시벌레와도 비슷하게 생긴 사막악어는 홀연히 나타나 자신들의 앞에 섰고 세뿔가시벌레를 물리쳤다.

그리곤 포효했다.

무슨 말인지 알아들을 수 없지만 그의 분위기가 말해주고 있었다.

나를 따르라!

세뿔가시벌레마저도 홀로 사냥할 수 있는 자신을 따르라고.

그때 아무런 말도, 행동도 없이 신혁돈을 올려다보고 있던 사막악어들 사이에서 날카로운 기성이 터져 나왔다.

"카후카!"

사막악어들의 우두머리로 보이는 녀석이 세뿔가시벌레의 시체 앞으로 달려 나왔다.

붉다 못해 검은색에 가까운 녀석은 3m의 달하는 덩치와 창이 아닌, 기다란 지팡이를 들고 있었다.

우두머리는 기다란 지팡이로 삿대질을 하며 무어라 소리쳤고 곧 주변에 있는 사막악어들 또한 웅성거리기 시작했다.

'…귀찮게 되었군.'

압도적인 힘의 차이를 보여주어 군락 전체를 자신의 발아래 두려 했으나 자신의 자리를 빼앗기기 싫은 기득권이 나타났다.

마음 같아서는 일격에 쳐 죽이고 싶었지만 그랬다간 군락 전체의 반감을 사는 수가 생긴다.

쯧 하고 혀를 찬 신혁돈은 시체의 아래로 내려가 우두머리와 마주섰다.

몬스터 폼을 발동시킨 신혁돈 또한 2.5m에 가까운 키를 가지고 있었지만 우두머리는 더욱 컸기에 올려다볼 수밖에 없었다.

우두머리와 신혁돈의 눈이 마주친 순간.

포식자의 눈이 발동되었고 세로로 길게 찢어진 우두머리의 동공이 격하게 흔들렸다.

"크… 크후카!"

우두머리는 공포를 떨쳐내기 위해 다시 한 번 기성을 질렀지만 이미 기세에서 눌린 상황, 힘없는 목소리는 설득력 또한 없었다.

쿵!

이대로는 안 된다 생각한 우두머리가 지팡이로 모래를 찍었다.

"카! 후카!"

그러자 우두머리의 지팡이가 모래에 박히며 홀로 섰다.

순간 맨손이 된 우두머리는 양손을 머리 위로 든 채 알 수 없는 방언을 쏟아내기 시작했다.

'발화인가.'

사막악어들의 유일한 스킬. 그리고 세뿔가시벌레에 비하면 미약하기 그지없는 이들이 사막에서 살아남을 수 있는 이유다.

스킬 이름은 발화였지만 이름대로 몸에 불을 붙이는 스킬은 아니었다.

스킬을 사용하면 사막악어들의 온몸이 불에 타는 것처럼 새빨갛게 변하며 사막의 모래와 같이 후끈한 열기를 뿜기에 발화라는 이름이 붙었다.

발화의 효과는 육체 강화.

그들의 피부를 바위와 같이 단단하게 만들어주고 몸놀림은 세뿔가시벌레와 같이 빠르게 만들어준다.

우두머리의 검붉은 몸이 거의 시커메질 정도로 붉어졌으며 후끈한 열기가 신혁돈의 얼굴까지 전해졌다.

쿵! 쿵! 쿵!

"후카! 후카! 후카!"

뒤에 선 사막악어들이 창대로 바닥을 찍으며 후카라는 단어를 연호했다. 목소리에 들어찬 광기를 볼 때 호의가 섞인 말은 아닌 듯했다.

미친 듯 뱉어대던 방언이 끝난 순간, 우두머리가 모래에 박혀 있던 지팡이를 뽑아들었다. 그리곤 지팡이의 끝으로 신혁돈을 가리키며 말했다.

"카! 후카!"

이렇게 된 이상 우두머리를 제압하고 다시 한 번 사막악어들의 인정을 받는 수밖에 없다.

신혁돈이 마음을 먹은 순간, 우두머리가 지팡이를 높이 들었다가 신혁돈을 향해 내리찍었다.

후우웅!

투웅!

지팡이는 그대로 신혁돈의 머리를 내리찍었고, 신혁돈은 피하지 않았다. 그 대신 세뿔가시벌레의 껍질로 싸여 있는 팔뚝을 내밀어 막았다.

기세로는 신혁돈의 팔뚝을 넘어 몸까지 두쪽낼 것 같은 지팡이질이었지만 현실은 팔뚝조차 부러뜨리지 못하고 튕겨나갔다.

일종의 선전포고 식 공격이었지만 너무나 쉽게 막히자 우두머리가 당황하며 지팡이를 회수해 횡으로 후려쳤다.

후우웅!

투웅!

회심의 일격이었지만 결과는 같다.

마치 세뿔가시벌레의 다리를 때리듯 지팡이가 튕겨져 나왔다.

"끝인가?"

물음과 함께 신혁돈이 우두머리를 향해 한 걸음 내디뎠다.

우두머리는 그 자리에 못 박힌 듯 움직이지 않았고 순식간에 우두머리의 지척에 도착한 신혁돈이 우두머리의 복부를 걷어찼다.

퍽!

"꺽!"

우두머리는 복부를 감싸고 쓰러졌다.

단 두 번의 공격으로 깨달을 수 있었다.

이자가 세뿔가시벌레를 처치한 것은 우연이 아니다. 어떤 요령을 부린 것도 아니다.

그저 강한 것이다.

방금까지만 해도 적개심이 가득했던 파충류의 눈에는 공포와 후회, 절망 등이 버무려져 있었다.

그렇다고 멈출 생각은 없었다.

자신에게 반기를 든 이가 어떻게 되는지 똑똑히 보여줄 기회를 그냥 날릴 신혁돈이 아니다.

하지만 일어날 때까지는 기다려 줄 생각이었다.

확실한 힘의 차이를 보여주기 위해서였다.

우두머리가 겨우겨우 몸을 일으킨 순간.

퍽!

신혁돈의 발이 또다시 우두머리의 복부에 틀어박혔다.

이번에는 꽤 긴 시간 일어나지 못했고, 신혁돈이 직접 다가간 순간.

엎드린 채 끅끅거리며 숨을 몰아쉬던 우두머리는 다가오는 신혁돈을 보고선 앉은 채로 팔로 기어 도망쳤다.

그때 사막악어의 무리 중 단연 돋보이는 붉은 사막악어 하나가 검을 뽑아들고 걸어 나왔다.

자신을 공격할거라는 신혁돈의 예상과는 달리, 붉은 사막악어는 바닥을 기고 있는 자신들의 우두머리의 목을 베었다.

푸화학!

사방으로 피가 튀었지만 붉은 사막악어는 개의치 않고 잘라낸 목을 주워들었다.

그리곤 신혁돈에게로 걸어와 한쪽 무릎을 꿇고 잘라낸 머리를 들이 밀며 고개를 조아렸다.

"하카크… 후카."

그 순간.

수백의 사막악어들이 붉은 사막악어를 따라 한쪽 무릎을 꿇고 고개를 조아리며 외쳤다.

"하카크! 후카!"

* * *

"실패라……."

비응주구의 은신처.

일(一)의 목소리가 낮게 울려 퍼졌다.

"삼십이 죽고, 마이더스 길드 자체가 사라졌다. 신혁돈과 더 가드에 의해서 말이지."

십(十)은 오체투지를 한 채 이마를 바닥에 찧고 또 찧었다.

일이 시킨 모든 것을 실패했다. 입이 열 개라도 아무런 변명을 할 수 없는 상황.

"화이트 홀은 무슨 소리지?"

십의 이마에서는 피가 뚝뚝 떨어지고 있었다. 미간을 타고 흐르는 피를 느끼며 십이 입을 열었다.

"죄송합니다."

"…아니, 죄송하다는 말을 바란 게 아니라 화이트 홀이 무어냐 물은 것이다."

"올마이티를 상대하는 인원을 제외한 모든 인원을 투자해 알아보고 있습니다."

"그런데?"

"정보가 없습니다."

더 가드의 기자회견은 전 세계로 퍼져나갔다.

그 중심엔 '화이트 홀'이 있었다.

제2의 몬스터 브레이크를 일으킬 차원문.

"그 조그만 땅덩어리를 가진 나라의 길드 마스터는 화이트 홀을 막을 방법까지 가지고 알고 있다는데, 우리는 화이트 홀이 무엇인지조차 모른다? 이게 말이 된다 생각하나?"

십은 대답 대신 바닥에 머리를 찧었다.

그의 행동에 일은 짜증 섞인 표정으로 손을 저었다.

그러자 바닥에서 검은 손이 불쑥 솟아나 십의 머리채를 쥐어 챘다.

"윗분들이 어떻게 생각할까? 아주 무능하다 생각하겠지. 일본 제일의 정보단이 한국의 길드가 가진 정보 하나 빼오지 못한다고 말이야."

"아닙니다. 제가 무능한 탓입니다."

"어쨌거나 윗분들에게 말을 듣는 건 나란 말이다."

높낮이 없는 단조로운 목소리가 공포를 자아냈다.

십은 고개를 돌려 그의 시선을 피하고 싶었지만 검은 손에 머리채가 쥐어져 있었기에 시선을 피할 도리가 없었다.

결국 십은 눈을 감으며 말했다.

"죄송합니다."

"십… 아니, 타츠."

감고 있던 십의 눈이 뜨였다.

"살아야지."

"…예."

"그러다 죽어."

"명심하겠습니다."

십의 대답과 함께 그의 머리채를 쥐고 있던 검은 손이 연기처럼 사라졌다. 십은 긴장이 풀렸는지 그대로 바닥에 널브러졌다.

일은 십을 내려다보다 자리에서 일어섰다. 그리곤 십에게로 걸어가 그의 앞에 쪼그려 앉아 어깨에 손을 올렸다.

"믿고 있다."

십은 아무런 말없이 바닥에 고개를 묻었다. 일은 그런 십을 뒤로한 채 은신처를 나섰다.

홀로 남은 십은 고개를 들지 못한 채 웅얼거렸다.

"…감사합니다."

*　　　*　　　*

영원히 지지 않을 것 같았던 사막의 해가 저물기 시작했다.

"사막의 밤은 더럽게 춥다던데 말입니다."

"불 피우면 되지."

윤태수의 말에 백종화가 당연하다는 대답했고 윤태수는 헛웃음을 흘렸다.

"뭐, 제가 입고 있는 옷이라도 태웁니까? 아니면 여기 모래는 특이해서 불이 붙는답니까?"

"…각성자 맞냐?"

백종화는 휘휘 고개를 젓고선 안지혜를 불렀다.

멀리 앉아 있던 안지혜가 다가오자 백종화가 말했다.

"지혜야, 여기 바닥 좀 이렇게 만들어줄래? 화덕처럼."

백종화는 양손으로 원통형 모양을 만들었고 안지혜는 의아한 얼굴을 하면서도 그의 말대로 마법을 발휘해 모래로 화덕을 만들어냈다.

"이건 왜요?"

"밤 되면 춥잖아."

말을 마친 백종화는 엉덩이를 털고 일어서서 에르그 에너지를 끌어 올렸다. 적당한 에르그 에너지가 모이자 백종화가 화덕을 향해 손을 뻗으며 말했다.

"불타라!"

그러자 화덕의 속에서 불이 피어올랐다.

"오."

윤태수가 감탄한 순간.

불은 걷잡을 수 없을 정도로 커졌고 곧 화덕을 비집고 나와 화덕 전체를 감싼 채 불타오르기 시작했다.

"푸하하하."

윤태수를 흘겨본 백종화는 화덕 근처로 다가가 양손을 내밀며 말했다.

"따뜻하면 됐지."

"한 10km 밖에서도 보일 것 같은데 말입니다."

"시끄러."

그때.

드드드드드!

어디선가 세뿔가시벌레의 날갯짓 소리가 들려왔다.

모두의 시선이 하늘로 향했고 곧 석양이 지는 하늘을 가르는 검은 점을 발견한 윤태수가 소리쳤다.

"저쪽!"

검은 점을 세뿔가시벌레라 생각한 이들이 각자의 무기를 뽑아 들고 하늘을 올려보았다.

한데, 검은 점은 일정 크기 이상으로 거대해지지 않았다. 날갯소리 또한 지축을 울릴 정도가 아닌, 귀에 거슬리는 정도.

무언가 이상함을 느낀 순간.

윤태수가 뽑아든 검을 검집에 집어넣으며 말했다.

"혁돈 형님이네."

그의 말에 여기저기서 안도의 한숨이 흘러나왔다.

"아니, 저 양반은 사람 간 떨어지게… 왜 저러고 다닌데?"

고준영이 구시렁거리며 털썩 앉자 다들 원래의 자리로 돌아가 앉았고 곧 신혁돈이 돌아왔다.

몇 미터 상공에서 날개를 접은 신혁돈은 몬스터 폼을 해제함과 동시에 땅으로 떨어졌다.

모래 먼지가 자욱이 피어오른 사이로 인간 모습의 신혁돈이 일행을 향해 걸어왔다.

윤태수는 그에게 걸어가며 물었다.

"어떻게 됐습니까?"

"잘."

말을 마친 신혁돈은 불타고 있는 화덕을 보곤 백종화를 바라보았다. 백종화는 어색한 웃음을 흘리며 뒤통수를 긁었다.

신혁돈은 거대한 바위의 그늘로 들어가 등을 기대고 앉았다.

윤태수는 물을 꺼내 신혁돈에게 건네며 말했다.

"잘 말고 좀 구체적으로 이야기해 주시면 참 감사할 것 같습니다."

신혁돈은 윤태수가 건넨 물을 들이켠 뒤 말했다.

"사막악어 군락의 왕이 되었다."

"…중간 과정이 많이 생략된 것 같은데 말입니다."

신혁돈은 대답 대신 눈을 감았다. 그리곤 물을 한 모금 더 마신 뒤 말을 이었다.

"그게 다다. 내일은 바쁠 테니 쉬어라."

하루 종일 잠식을 유지하고 있었던 터라 엄청난 피로가 쌓여 있었다.

잠식의 퍼센티지를 낮추기 위해 중간중간 휴식을 취하며 오긴 했지만 잠깐의 휴식으로 가실 피로가 아니었다.

신혁돈은 눈을 감은 채로 생각을 멈추었다.

곧 옆에 앉아 있던 윤태수가 떠나자 신혁돈은 잠에 들었다.

멀리서 그의 모습을 지켜보고 있던 홍서현이 윤태수에게로 다가가 물었다.

"뭐래요?"

"왕이 됐답니다."

"…끝?"

"예."

옆에서 듣고 있던 이서윤이 헛웃음을 흘렸다.

"그리고 내일은 바쁠 거니까 일찍 자랍니다."

"저 사람답네요."

이서윤의 말에 홍서현이 자신도 모르게 고개를 끄덕였다.

다른 사람이 신혁돈과 똑같이 행동했다면 무례하고 사회성 없는 사람이라 생각했지만 신혁돈이 했기에 이해를 할 수 있었다.

하지만 그렇게 이해하는 자신을 이해할 순 없었다.

다음 날.

신혁돈이 눈을 떴을 때까지 화덕은 타오르고 있었다.

길드원들은 화덕 근처에서 침낭에 들어가 자고 있었는데 그 모습이 형형색색의 애벌레들을 보는 듯했다.

반쯤 모래에 묻힌 애벌레들을 바라본 신혁돈은 물을 한 모금 마시고 하늘을 바라보았다.

이제 막 해가 뜨기 시작해 보라색으로 물들어가는 하늘은 지구의 사막과 별다를 것 없었다.

해가 완전히 뜰 때까지 멍하니 하늘을 올려보고 있었다.

곧 모든 이들이 잠에서 일어나 정리를 하고 아침을 맞이했다.

“오늘부터 세뿔가시벌레 사냥에 들어간다.”

졸린 눈으로 육포를 씹고 있던 윤태수가 자신의 귀를 의심하며 되물었다.

“사냥 말입니까?”

"여왕의 위치를 찾고, 세뿔가시벌레 사냥에 익숙해지기 위한 훈련이라 생각해라."

"사막악어를 이용하는 거 아닙니까?"

어제.

사막악어 군락 하나의 왕이 된 신혁돈은 그들의 새로운 우두머리가 된 붉은 사막악어에게 말했다.

"주변 군락의 모든 우두머리를 모아라."

붉은 사막악어는 무슨 말인지 알아듣지 못하고 고개를 조아렸고 신혁돈은 몇 번의 설명 끝에 자신의 말뜻을 이해시키는데 성공했다.

그러자 붉은 사막악어가 물었다.

"카후크?"

정황상 어째서인지를 묻는 듯했다.

"나는 모든 사막악어를 규합해 세뿔가시벌레의 여왕을 죽일 것이다."

아까보다 긴 문장이었으나 붉은 사막악어는 한 번에 이해한 듯 천천히 고개를 주억거렸다.

그러고서는 자신의 허리에 매달린 검을 만지작거리다가 다시 한 번 고개를 조아린 뒤 말했다.

"카후, 크하이쿠."

손짓 발짓을 통해 붉은 사막악어는 10번의 해가 져야 모일 것이라 설명했고, 신혁돈은 알겠다 대답했다.

그리곤 열흘 뒤 돌아온다는 말을 남기고 사막악어의 군락을 떠났다.

신혁돈의 설명을 들은 윤태수는 얼빠진 표정을 지었다.

"사막악어의 말을 할 줄 아십니까?"

"아니."

"그럼 어떻게…?"

"한글이 통하더군."

가만히 듣고 있던 홍서현이 말했다.

"…저 사람 말을 듣고 있으면 세계 통일도 꿈은 아닐 거 같단 말이야."

신혁돈은 무엇이든 쉽게 말한다.

다른 사람이 불가능하다 말하는 것도 그는 할 수 있다 말한다.

물론 말만 한다면 입상에 허언증 환자라 하겠지만 그는 어떻게 해서라도 자신이 한 말을 이루어낸다.

"도대체가 모를 사람이야."

홍서현의 혼잣말을 한 귀로 흘린 신혁돈이 백종화를 바라보며 말했다.

"에르그 에너지 탐지가 가능한가?"

"…제가 말입니까?"

백종화의 능력은 언령.

말에 힘을 담아 스킬로 발현시키는 메이지 계열의 스킬이다.

이론상으로는 에르그 에너지 탐지 따위는 껌이지만 한 번도 생각해 본 적 없었기에 백종화는 대답을 망설였고, 신혁돈이 말했다.

"해봐."

"어떤 에르그 탐지를 말씀하시는 겁니까?"

"이 차원문 내에서 에르그 에너지를 가장 많이 가지고 있는 두 존재."

하나는 차원석일 것이고, 하나는 여왕이다.

고개를 끄덕인 백종화는 눈을 감고 에르그 에너지를 끌어올렸다.

그러고는 깊게 들이킨 숨을 내쉬며 말했다.

"탐지."

백종화의 몸에 가득 차올랐던 에르그 에너지가 타원형으로 넓게 퍼져나가며 사막을 훑었다.

백종화는 가지고 있는 모든 에르그 에너지를 퍼부어 탐지를 마친 뒤 다시 한 번 숨을 깊게 들이켰다.

"후우……."

곧 백종화가 눈을 떴다.

모두의 시선이 백종화의 입으로 집중되어 있을 때, 그가 입을 열었다.

"뭐가 느껴지긴 하는데 아직은 잘 모르겠습니다. 모래사장 위에 돌부리 몇 개 만진 느낌입니다."

투박한 묘사였지만 그가 느낀 것은 확실히 전해졌다.

백종화는 어딘가 간지러운 얼굴로 허공을 올려보고 있었고 그의 얼굴을 신혁돈은 헛웃음을 흘렸다.

저번 삶, 백종화는 에르그 에너지만 있다면 모든 것을 할 수 있었다.

빌딩의 숲에서 해일을 일으키고, 얼어붙은 설원을 용암이 들끓는 대지로 만들 수 있는 능력을 가진 이가 바로 백종화였다.

그랬던 이가 탐지 하나 제대로 하지 못해 빌빌대는 모습을 보니 절로 웃음이 날 수밖에.

백종화는 무언가 아쉬운지 에르그 에너지가 모일 때마다 '탐지'라 말하며 탐지를 해댔다.

그의 모습을 바라보던 신혁돈은 고개를 돌리곤 말했다.

"종화가 제대로 된 탐지를 할 수 있을 때까지는 발로 뛰는 수밖에."

그의 말에 윤태수는 신혁돈의 손등에서 놀고 있는 도시락을 바라보았다.

'…설마 진짜 발로 뛰겠어.'

윤태수는 도시락을 타고 다닐 것이라는 굳은 믿음이 깃든 시선으로 신혁돈을 바라보았다.

신혁돈은 윤태수에게는 시선도 주지 않은 채 말을 이었다.

"그리고 전투 포지션을 변경한다. 전과 다른 점은……."

신혁돈의 설명이 이어졌고 신혁돈의 입에서 자신의 이름이 나올 때마다 길드원들은 고개를 끄덕이며 그의 말에 집중했다.

이해가 안 되는 것이나 모르는 것에 대한 질문 타임이 끝날 무렵.

그때까지 눈을 감고 있던 백종화가 부릅 눈을 뜨며 소리쳤다.

"바위! 바위가 날아온다!"

"…예? 바위요?"

그때 신혁돈이 하늘로 시선을 돌렸다.

모두가 의아해하며 신혁돈과 백종화를 보고 있는 사이 백종화는 어버버거리며 소리쳤다.

"아니, 그거!"

백종화는 얼마나 다급했는지 벌떡 일어서며 하늘 귀퉁이를 가리켰다.

그리고 그곳에서 날아오는 검은 점, 그리고 지축을 흔드는 굉음이 들려왔다.

"세뿔가시벌레?"

"맞아. 그런데 조금 달라. 뭔가… 조금 뒤틀려 있는 느낌이야."

백종화의 말에 모두가 아리송한 얼굴을 지었다.

"뒤틀렸다는 게 무슨 뜻입니까?"

백종화에게 물은 것이었지만 대답은 신혁돈 쪽에서 나왔다.

"에르그 에너지가 뒤틀렸다는 거지. 잘 기억해 둬라. 그게 패턴 몬스터들의 에르그 에너지 파장이니까."

신혁돈의 말에 모두가 굳었다.

"잠깐… 설마 세뿔가시벌레도 패턴을 달고 나옵니까?"

"모든 괴물은 패턴을 가질 수 있다."

이런 상황에서도 신혁돈은 덤덤히 말했다. 시선은 여전히 하늘 귀퉁이에 고정한 채, 신혁돈이 자리에서 일어서며 말했다.

"덩치는 전보다 작다. 그리고… 숨구멍이 없군."

"…예?"

"패턴은 붉은색. 이능 계열."

모두가 신혁돈이 바라보고 있는 곳을 뚫어져라 봤지만 검은 점은커녕 아무것도 보이지 않았다.

"뭘 보고 계신 겁니까?"

"패턴 세뿔가시벌레. 숨구멍이 없는 패턴 몬스터라… 까다롭겠군."

말을 마친 신혁돈은 턱을 한 번 긁적인 뒤 길드원들을 바라보며 말했다.

"아까 말한 작전은 전면 취소, 새로운 작전 설명을 시작하지. 남은 시간은… 84초."

"놀랄 시간도 없네."

홍서현의 구시렁거림과 동시에 신혁돈의 설명이 시작되었다.

*　　　*　　　*

세뿔가시벌레는 멍청하다.

건물만 한 덩치에 두꺼운 껍질, 날카로운 뿔과 다리를 가지고 있었지만 그것을 제대로 활용하지 못하고 무조건 힘으로 찍어 누르려 하는 벌레에 불과하다.

하지만 무지막지한 힘과 어지간한 공격은 무시해 버리는 껍질 덕에 두뇌의 활용도와는 상관없이 강력한 괴물로 분류되는 것이다.

"간단히 말하자면 세뿔가시벌레만큼의 힘만 가지고 있으면 상대하기 어렵지 않다는 뜻이다."

신혁돈의 설명에 동조하는 이는 단 한 명도 없었다.

그냥 세뿔가시벌레가 나타난 것이었다면 그나마 괜찮았을 것이다.

한데, 이능을 발현하는 세뿔가시벌레라니.

저번 전투로 조금이나마 생겼던 자신감이 파도를 맞은 모래성처럼 힘없이 무너져 내리고 있었다.

모든 길드원들이 패닉에 빠진 상황에도 신혁돈의 입은 쉬지 않고 움직였다.

덕분에 길드원들 또한 우왕좌왕하지 않고 신혁돈의 말에 귀를 기울이고 있긴 했다.

제대로 듣고 있는지는 미지수였지만.

"태수, 종화는 날개를 맡고 나머지는 2명씩 짝을 이루어 다리 하나씩을 맡는다."

유일하게 제대로 듣고 있던 홍서현이 손을 들며 물었다.

"나랑 서윤언니는?"

"너와 이서윤은 후방 지원을 맡아라."

골렘을 조종하는 이서윤과 버프를 담당하는 홍서현은 비전투 인원이나 다름없기에 굳이 전장 근처에서 위험을 감수할 필요는 없었다.

"그럼 아저씨는?"

"알아서 한다."

홍서현은 '어련하실까.' 하며 어깨를 으쓱였고 그녀에게서 시선을 뗀 신혁돈이 하늘을 올려보았다.

"오는군."

그의 시선을 따라 모든 이들의 눈이 하늘로 향했고 곧 하늘을 가르고 날아오는 검은 덩어리를 발견할 수 있었다.

신혁돈의 말대로 전에 보았던 세뿔가시벌레보다 훨씬 작았다.

유충인 개미귀신과도 비슷한 크기.

하지만 심해와 같은 짙푸른색의 껍질과 이마에 돋아 있는 기다란 다섯 개의 뿔, 그리고 눈에 보일 정도로 삐죽삐죽 돋아 있는 가시들은 전보다 큰 위압감을 주었다.

무엇보다 유일한 약점이라 할 수 있는 숨구멍이 없었다.

"적이 강한 만큼 보상 또한 엄청날 거다."

말을 마친 신혁돈이 몬스터 폼을 발동시켰고, 곧 괴물이 되었다.

"가자."

그의 말에 어깨에 있던 도시락이 하늘로 날아오르며 거대해졌고 도시락은 자신을 향해 날아오는 패턴 세뿔가시벌레를 향해 불을 뿜었다.

그 순간 패턴 세뿔가시벌레의 다섯 개의 뿔이 파지직거리는 소리와 함께 벼락을 쏟아냈다.

콰지직!

하늘이 찢어지는 듯한 굉음과 함께 벼락과 불덩이가 허공에서 충돌하며 사방으로 불티를 흩뿌렸다.

"마… 맙소사."

패턴 세뿔가시벌레는 거기서 멈추지 않고 다시 한 번 다섯 개의 뿔을 번쩍였다. 새하얀 벼락이 뿔 사이를 휘돌며 가시화된 순간.

고막을 때리는 날갯짓 사이를 뚫고 벼락이 꿈틀대는 소리가 모두의 귓바퀴를 긁었다.

"쿠어어!"

패턴 세뿔가시벌레의 포효와 함께 벼락이 길드원들의 머리로 쏘아지려는 순간.

"일어나라!"

백종화가 양손을 머리 위로 들어 올렸고 그와 동시에 모래가 거인의 등처럼 솟구쳐 올랐다.

빠지직! 펑!

벼락을 맞은 모래가 사방으로 터져나가며 모래 먼지가 시야를 가렸다.

그와 동시에 패턴 세뿔가시벌레가 땅으로 내려앉았고 그 순간. 패러독스의 반격이 시작되었다.

"붙어!"

두 명씩 짝을 이룬 밀리 계열들이 달라붙어 다리를 공격해 시선을 빼앗은 사이, 윤태수와 백종화가 모래 기둥을 만들어 계단 삼아 달리며 패턴 세뿔가시벌레의 등으로 뛰어 올랐다.

"달려!"

백종화는 자신의 몸에 언령을 발도하며 마치 나는 듯 패턴 세뿔가시벌레의 날갯죽지를 향해 달려갔고, 윤태수는 빛의 날개를 발동시키며 달렸다.

두 사람이 날개를 노리는 것을 확인한 신혁돈 또한 움직이기 시작했다.

벼락을 뿜는 패턴 세뿔가시벌레, 벼락벌레는 오직 다섯 개의 뿔만을 이용해 벼락을 뿜고 있었다.

즉, 다섯 개의 뿔이 없다면 벼락을 뿜을 수 없다는 뜻.

신혁돈은 다리 쪽을 공격하는 이들을 도우며 벼락을 뿜는 타이밍을 쟀다.

콰르릉!

'53초… 59초… 67초.'

총 세 번의 벼락이 쏘아지는 동안 타이밍을 잰 신혁돈이 고개를 끄덕였다.

충전 시간이 점점 느려지고 있다.

벼락벌레 또한 인간과 같이 정해진 에르그 에너지양이 있고, 그걸 다 소모하면 일정 시간 동안 회복할 시간이 필요하다.

아무리 벌레라지만 그걸 모르진 않을 테니 조금씩 천천히 벼락을 내리치고 있는 것이다.

'최소 1분.'

신혁돈이 벼락벌레의 머리로 뛰어올라 다섯 개의 뿔 중 하나를 잘라내는 데 사용할 수 있는 시간이다.

신혁돈은 벼락벌레의 다리에서 벗어나 레스팅 포인트로 삼았던 거대한 바위 아래로 날아갔다.

그곳에서 한 자루의 대검을 꺼낸 신혁돈은 곧바로 번개벌레의 이마를 향해 날아갔다.

그 순간.

콰콰콰쾅!

벼락벌레의 날갯죽지 부근에서 어마어마한 폭발이 일어났다. 윤태수가 아차람의 구슬을 터뜨린 것이다.

"쿠와아아아!"

순식간에 날개를 잃은 번개벌레가 기성을 지르며 날뛰었다.

그와 동시에 다섯 개의 뿔에서 일어난 새하얀 번개가 사방으로 흩뿌려졌다.

빠직! 펑!

번개벌레의 뿔에서 시작된 벼락의 비가 사막을 초토화시켰다. 길드원들이 기겁을 하고 피하는 사이, 신혁돈은 벼락의 범위 밖에서 다섯 개의 뿔을 노려보고 있었다.

다섯 개의 뿔 사이를 노닐던 번개가 옅어진 순간.

신혁돈이 번개벌레의 뿔로 달려들었다.

그리고 신혁돈이 도착한 순간, 마치 약속이라도 한 듯 다섯 개의 뿔 사이에서 번개가 사라졌고, 신혁돈은 아무런 저항도 받지 않은 채 가장 긴 뿔 위에 올라설 수 있었다.

그 순간.

신혁돈은 대검으로 뿔을 내려쳤다.

마치 도끼질과도 같은 검격에 대검이 뿔 깊숙이 박혔다. 신혁돈은 거기서 멈추지 않고 검을 비틀어 재꼈다.

신혁돈의 어깨에 붙어 있는 어글리 베어의 근육이 폭발할 듯 부풀어 올랐다.

그와 동시에 뿔의 단면이 반쯤 드러났고 신혁돈은 검을 놓은 채 틈에 손을 집어넣어 벌렸다.

"하압!"

카드드드득!

뚝!

신혁돈이 뿔의 틈을 벌리며 어깨로 밀자 뿔이 잘렸고 뿔이 바닥으로 떨어짐과 동시에 신혁돈 또한 딛고 있던 뿔을 박차고 하늘로 날아올랐다.

그와 동시에 네 개 남은 세뿔가시벌레의 뿔에서 번개가 파지직 소리를 내며 번쩍였다.

하지만 구심점을 이루는 중앙의 뿔을 잃은 번개는 갈 곳을 잃은 채 사방으로 흩어져 버렸고, 일행에게 위험이 되지 못했다.

"됐군."

이능을 무력화시킨 패턴 몬스터는 조금 더 질긴 패턴 몬스터일 뿐이다.

"쿠어어어!"

신혁돈은 바닥에 떨어진 뿔을 들어 올린 뒤 사막을 질주하기 시작했다. 그리고 번개벌레가 포효하며 입을 벌린 순간.

날카로운 뿔의 끝을 벌레의 입에 박아 넣었다.

"쿠에에!"

점액과 피가 사방으로 튀며 번개벌레가 다시 한 번 난동을 피웠다. 신혁돈은 재빨리 날아올라 난동을 피우는 반경에서 벗어나 이서윤에게로 날아갔다.

자신을 향해 빠르게 날아오는 괴물을 본 이서윤은 괴물이 신혁돈인 것을 알고 있었음에도 기겁을 하며 뒷걸음질을 쳤다.

"골렘을 불러라."

신혁돈의 말에 이서윤은 고개를 끄덕였고 곧 검은 골렘이 이서윤이 있는 곳으로 달려왔다.

"뭘 하려고……."

번개벌레는 아직도 난동을 부리며 입에 박힌 뿔을 빼내려 하고 있었고 지금 공격을 하는 것은 자살 행위로 보였다.

하지만 신혁돈의 생각은 달랐다.

마구잡이로 휘두르는 다리와 뿔만 피한다면 지금만큼 공격하기 좋은 타이밍도 없다.

신혁돈은 자신의 가슴께에 오는 골렘을 양손으로 들었다. 그리곤 번개벌레의 입에 박혀 있는 뿔의 단면을 가리키며 말했다.

"저기로 던질 거다."

이서윤이 당황하기도 전, 거리를 잰 신혁돈이 번개벌레에게로 질주를 시작했다.

그리고 추진력이 최대로 오른 순간.

신혁돈이 골렘을 집어 던졌다.

골렘은 이서윤의 명을 받은 듯 몸을 최대한 웅크려 공 모양으로 만들었고 마치 쏘아진 대포알처럼 나아갔다.

그리고 적중했다.

콰앙!

"끅!"

기이한 단말마와 함께 번개벌레의 입에 박혔던 뿔이 입을 뚫고 뒤통수로 삐져나왔다.

"…이겼네."

그 모습을 본 홍서현이 덤덤히 말했다.

그녀의 말대로 번개벌레는 네 개의 뿔 사이로 전기를 일으켜 파지직거리는 소리를 내다가 그대로 쓰러졌다.

그리고 얼마 지나지 않아 지금까지의 에르그 코어보다 더욱 진한 색의 에르그 코어를 떠올린 채 죽었다.

*　　　　*　　　　*

넓디넓은 사막에는 수많은 사막악어 부족이 있다.

그들은 같은 종족이었으나 가치관이 다르고 살아가는 방식도 다르다.

하지만 단 하나는 같았다.

약육강식.

약자는 먹히고, 강자는 먹는다.

붉은 사막악어가 찾아간 진흙 부족 또한 같다.

그들 또한 힘을 숭배하며 강한 이를 우두머리로 삼는다.

아무것도 없는 거대한 오아시스에 도착한 붉은 사막악어는 발을 몇 번 구른 뒤 소리쳤다.

"크카후! 타르타카!"

그 순간.

물기를 머금은 무른 땅이 들썩거리며 바닥이 갈라졌고 그 사이로 악어의 눈이 나타났다.

하나가 나타나자 곧 수십, 수백 개의 악어의 눈이 나타났고 그 사이로 유난히 큰 눈 하나가 나타났다.

큰 눈은 붉은 사막악어를 살피다가 감겼다.

그리곤 마치 바닥에서 솟아나듯 거대한 사막악어가 나타났다.

4m는 될 법한 거대한 사막악어의 온몸은 진흙이 발라져 있었고, 금방이라도 물이 뚝뚝 흘러져 내릴 듯했다.

"무슨 일인가. 태양 부족의 전사여."

붉은 사막악어는 진흙 사막악어 부족 우두머리에게 말했다.

세뿔가시벌레로부터 자신들을 구원해줄 왕이 등장했다.

그는 홀로 세뿔가시벌레를 상대할 만큼 강하다.

그러니 그를 따라 세뿔가시벌레의 여왕을 죽이고 사막의 패자 자리를 되찾자.

붉은 사막악어가 가져온 소식으로 인해 눈만 드러내고 있는 진흙 사막악어들이 수군거리기 시작했다.

하지만 진흙 사막악어 부족의 우두머리, 키룽가는 별 관심이 없는 듯했다.

키룽가는 따가운 햇살에 말라가는 진흙 덕에 쩍쩍 갈라진 콧잔등을 긁적이며 말했다.

"관심 없다."

"어째서?"

"믿을 수 없다. 무엇보다 홀로 그만한 힘을 가지고 있다면 무엇하러 우리의 힘을 빌리려 하는가?"

"하나의 방패는 뚫리게 마련이다."

"바위 같은 방패와 모래 같은 창이라면 뚫릴 리 없지."

붉은 사막악어가 콧김을 뿜으며 입매를 끌어올렸다.

"모래 같은 창끝이 두려워 땅 속으로 숨었나?"

명백한 비웃음.

진흙 사막악어 부족은 이름 그대로 오아시스 근처 진흙을 집 삼아 사는 사막악어 부족이다.

세뿔가시벌레를 피해 집을 짓지 않고 진흙 속에 들어가 살기 때문에 세뿔가시벌레에게 습격을 당하는 일이 적어 머릿수가 많은 것이 특징인 부족.

하지만 이들은 세뿔가시벌레가 무서워 진흙 속에 산다는 것을 컴플렉스로 여기기에 붉은 사막악어의 말은 명백한 도발이나 다름없었다.

키룽가가 불편한 심기를 드러내며 그르릉거리는 소리를 흘렸다.

하지만 붉은 사막악어는 입꼬리를 말아 올린 채 키룽가를 바라볼 뿐, 아무런 행동도 하지 않았다.

순식간에 수백의 적에게 둘러싸일 수 있는 상황에도 그는 당당했다.

그 당당함에 키룽가가 물었다.

"너의 왕을 왜 믿는 건가?"

"난 그분에게서 희망을 보았다."

키룽가가 웃음을 터뜨렸다. 숨이 넘어갈 듯 웃던 키룽가는 뚝 멈추고선 말했다.

"믿어보지."

그리곤 몸을 돌려 그를 바라보고 있는 모든 진흙 사막악어들에게 소리쳤다.

"형제들이여, 모두 일어나라! 드디어 때가 되었도다!"

그의 말에 사막이 들썩이며 수백의 진흙 사막악어가 땅속에서 기어 올라왔다.

"태양 부족에서 만나지. 나는 더 많은 형제들을 모아 돌아가겠다."

키룽가는 고개를 끄덕이고 붉은 사막악어가 걸어온 방향으로 걸었다. 그리고 수백의 사막악어가 그의 뒤를 따라 걷기 시작했다.

*　　　　*　　　　*

패턴 세뿔가시벌레를 잡은 날로부터 열흘이 지난 날 오후.

콰콰쾅!

아차람의 구슬에 의해 날개를 잃은 세뿔가시벌레가 고통에 울부짖었다.

“쿠어어!”

그 순간, 세뿔가시벌레의 등에서 뛰어내린 윤태수의 발밑으로 모래 기둥이 솟구쳐 올랐다.

고개를 까딱여 백종화에게 감사 인사를 보낸 윤태수는 계속해서 생겨나는 모래 기둥을 밟으며 세뿔가시벌레의 머리를 향해 달려갔다.

윤태수가 세뿔가시벌레의 머리에 닿기 직전.

“지금!”

화르르륵!

도시락이 불을 뿜어 세뿔가시벌레의 시야를 가린 순간, 쏜살처럼 날아든 윤태수가 세뿔가시벌레의 숨구멍에 안착했다.

순식간에 숨구멍 깊숙이 파고든 윤태수는 아차람의 구슬을 설치하고선 숨구멍 밖으로 몸을 날렸다.

윤태수의 몸이 바닥에 떨어지기 직전, 거인의 손이 솟아오르며 윤태수를 받쳐 주었다.

그와 동시에 세뿔가시벌레의 거대한 다리가 윤태수를 내리찍었지만 모래로 만들어진 거인의 손은 재빨리 피하며 윤태수를 안전한 곳에 내려주었다.

그 순간.

콰과과과!

아차람의 구슬이 폭발하며 세뿔가시벌레의 뇌를 터뜨려 버렸다.

완벽한 승리.

"훌륭하군."

이제 신혁돈이 참여하지 않아도 나머지 인원끼리 세뿔가시벌레를 상대하는 데 익숙해졌다.

아차람의 구슬로 폭발적인 화력을 보이는 윤태수를 공격수로 삼아 숨구멍과 날개를 부수고 그사이 다른 모든 이들이 세뿔가시벌레의 시선을 빼앗는다.

단순하기 그지없는 작전이었지만 꽤나 훌륭한 성과를 보였다.

이 작전 덕에 세뿔가시벌레를 신혁돈이 참여하지 않는 상태에서도 열한 마리의 세뿔가시벌레를 잡아낼 수 있었다.

사냥하는 중간 다치거나 위험한 상황이 벌어지기도 했지만 사냥의 횟수가 거듭될수록 세뿔가시벌레의 패턴에 익숙해지고 팀워크는 견고해졌다.

"이제 가도 되겠는데."

신혁돈의 옆에서 사냥을 지켜보던 홍서현이 말했다.

"그럴 생각이다."

신혁돈은 이들과 따로 움직일 생각이었다.

이유는 간단하다.

사막악어는 자신들의 종족이 아니면 절대 함께하지 않는다.

그들의 자존심과 생존 방식이 그러하기 때문이다.

그렇기에 신혁돈을 제외한 다른 이들은 신혁돈이 사막악어 무리를 이끌고 여왕을 찾아갈 때까지 따로 떨어져 세뿔가시벌레 사냥을 하기로 결정했다.

며칠간 자신을 제외한 상태에서 세뿔가시벌레 사냥을 해보았고 이제 한 치의 실수도 없는 완벽한 사냥을 하게 되었으니 더 이상 함께할 이유가 없다.

곧 사냥을 마친 이들 모두가 모이자 신혁돈이 말했다.

"도시락을 연락책으로 사용해라."

도시락은 신혁돈이 얼마나 멀리 떨어져 있든 상관없이 신혁돈을 찾아낼 수 있다. 그렇기에 통신수단으로 사용하는 것이다.

"그럼 사막악어들을 전부 규합해서 오시는 겁니까?"

"그럴 생각이다."

붉은 사막악어가 모든 우두머리를 모으겠다고 했으나 그의 말에 모든 우두머리가 동조하진 않았을 것이다.

그리고 주변뿐만이 아닌 사막에 존재하는 모든 사막악어를 모아야만 조금이라도 승산이 더 생긴다.

그렇기에 신혁돈이 직접 움직일 필요가 있었다.

"종화는 계속 여왕의 위치를 탐지해. 발견하면 도시락을 통해 나에게 알려주고."

"예."

길드원들을 한 명, 한 명 바라보던 신혁돈은 팔짱을 낀 채로 말했다.

"정보가 없는 싸움은 피해라."

두루뭉술한 말에 고개를 갸웃한 홍서현이 말했다.

"좀 풀어서 얘기해 주면 어디 덧나요?"

신혁돈은 대답할 생각이 없는지 팔짱을 낀 채로 있었고 결국 한숨을 쉰 윤태수가 나서서 설명했다.

"패턴 몬스터 혹은 새로운 몬스터. 새로운 상황에서의 전투를 피하라는 말입니다. 정보가 없는 싸움에서는 어떤 변수가 있을지 모르고 그 변수들이 어떻게 작용할지도 모르니까요."

그제야 홍서현을 비롯한 몇 명이 고개를 끄덕이며 아, 하는 탄성을 흘렸다.

홍서현은 헛웃음을 흘리며 말했다.

"이 정도면 거의 통역사 하셔도 되겠는데요? 아저씨 전문으로다가."

"이쪽에서 거절하죠."

실없는 소리를 하는 사이 신혁돈은 하늘을 올려다보았다.

광활한 사막 끝에 걸린 해의 위로 보랏빛 하늘이 펼쳐져 있었다.

"곧 해가 지겠군."

말을 마친 신혁돈이 팔짱을 풀고 몇 걸음 뒤로 물러섰다. 그리곤 세뿔가시벌레 몬스터 폼을 발동시켰다.

곧 사막악어와 세뿔가시벌레를 섞어놓은 듯한 모습이 된 신혁돈이 겹날개를 흔들어 보았다.

그러자 타조와 비슷한 크기로 변해 있던 도시락이 다가와 악어의 주둥이를 한 신혁돈의 입에 부리를 비볐다.

"깍깍."

신혁돈은 떨어지는 것이 서운한지 구슬픈 울음을 흘리는 도시락의 머리를 몇 번 쓰다듬어준 뒤 말했다.

"가마."

말을 마친 신혁돈은 몇 걸음 더 물러난 뒤 하늘로 솟구쳐 올랐다.

저물어가는 태양 쪽으로 사라지는 신혁돈을 바라보던 윤태수는 도시락에게 다가가 뒤통수를 쓸며 말했다.

"자자, 우리도 내일부터 할 일이 산더미니 오늘은 이만 쉽시다."

윤태수의 말에 하늘을 바라보던 이들이 하나둘씩 레스팅 포인트로 되돌아가기 시작했다.

"안 가요?"

마지막까지 남아 신혁돈이 사라진 하늘을 바라보던 홍서현은 이서윤의 말에 고개를 끄덕이고선 그들을 따라 움직이기 시작했다.

*　　　*　　　*

저물어가던 태양이 지평선 아래로 완전히 숨고 사막의 밤이 찾아왔다.

셀 수 없이 많은 별들이 하늘을 수놓았다.

공해가 없는 하늘의 별들은 제 존재감을 여과 없이 뽐냈지만 꽉 찬 보름달 앞에서는 태양 앞의 반딧불이나 다름없었다.

해가 지기 시작할 때 날기 시작해 달이 뜰 때까지 날아온 신혁돈의 눈에 사막악어 군락의 모습이 들어왔다.

전과는 많이 다른 모습이었다.

임시로 지어놓은 것이 분명한 텐트들이 수백 동은 서 있었고 텐트가 없는 곳에도 수없이 많은 사막악어가 바닥에 누워 있었다.

'얼추 삼천은 되겠는데…….'

붉은 사막악어의 수완이 생각보다 좋았다.

신혁돈이 가까워 오자 그의 날갯소리를 들은 사막악어들이 하나둘씩 일어나 무기를 꼬나들고 하늘을 올려보았다.

하지만 그들이 찾는 세뿔가시벌레 대신 자신들과 비슷한 모습의 신혁돈이 하늘에서 내려오자 그들의 눈에는 반의 경외와 반의 의심이 서렸다.

소란을 눈치챈 사막악어의 우두머리들이 신혁돈의 낙하지점으로 하나둘씩 걸어왔다.

우두머리는 넷이었는데 생김새도, 피부색도 가지각색이었다.

덩치가 작은 놈은 160㎝도 안 될 만큼 작았고 제일 큰놈은 4m는 될 듯 보였다.

힘을 숭상하는 사막악어의 사회에서 덩치는 힘을 가늠하는 중요한 요인이다.

그런 사회에서 살아남은 160㎝의 사막악어 우두머리라면 숨겨둔 한 수가 있을 것이다.

다른 생각을 하는 사이 붉은 사막악어가 신혁돈에게로 다가와 고개를 조아렸다.

"카루나카."

그의 말을 들은 신혁돈이 미간을 찌푸렸다.

알아들을 수 있으면 좋으련만.

그 순간 반투명한 메시지 창이 떠올랐다.

[사막악어 스킬의 랭크가 낮아 언어를 알아들을 수 없습니다.]

메시지 창을 본 신혁돈의 눈이 크게 뜨였다.

'언어 또한 알아들을 수 있단 말인가?'

지금까지 신혁돈이 포식한 괴물 중 자기들만의 언어를 가진 종족은 없었다.

의사소통은커녕 기껏해야 울음소리를 통해 교감을 하는 것이 전부인 괴물들이었기에 단 한 번도 괴물의 언어를 익힌 적이 없던 것이다.

'아쉽군.'

미리 알았다면 언어를 익힐 때까지는 사막악어를 잡아먹었을 것이었다.

하지만 실망하진 않았다.

분명 신혁돈에게 반대하며 저항하고, 신혁돈이 일궈놓은 단합을 깬 뒤 자신이 흡수하기 위해 도전하는 녀석이 하나쯤은 있을 것이다.

아니, 하나뿐만이 아닌 몇 개의 부락은 분명 그럴 것이다.

그들의 에르그 기관을 섭취하면 해결될 문제.

신혁돈이 고개를 주억거리는 사이, 붉은 사막악어를 제외한 나머지 세 사막악어 우두머리는 신혁돈을 위아래로 살피고 있었다.

자신들과 세뿔가시벌레를 합쳐놓은 듯한 몸, 그리고 뿔이

나 있는 머리와 무기도, 갑옷도 없는 맨몸.

하지만 피부를 덮고 있는 세뿔가시벌레의 껍질 덕에 검은 광택의 갑옷을 입고 있는 것과 같이 보였다.

모두가 눈치만 살피던 그때, 손가락 하나가 없고 두 자루의 검을 찬 사막악어 우두머리가 신혁돈에게로 다가오며 말했다.

"크루자크"

그러면서 손가락으로 자신을 가리키는 것이 자신의 이름이 크루자크라 하는 것 같았다. 그리곤 신혁돈에게 손가락을 뻗으며 말했다.

"카나인?"

언어를 익힐 수 있다는 말에 좋아졌던 신혁돈의 기분이 순식간에 바닥으로 떨어졌다.

자신을 왕이라 생각한다면 절대 할 수 없는 행동.

붉은 사막악어도 그렇게 생각하는지 신혁돈과 두 자루의 검을 찬 사막악어 사이에 섰다.

그리곤 사막악어에게 소리쳤다.

"크루자크! 카로나이 보카자!"

두 사막악어가 말다툼을 하는 사이, 제일 큰 사막악어와 작은 사막악어는 팔짱을 낀 채 흥미로운 눈으로 둘을 바라보고 있었다.

사막악어의 사회가 생각보다 많이 사회화되어 있었다.

부족이 다름에도 언어가 통한다는 것은 각자가 체계화된

언어를 가지고 있다는 것이고, 무구가 손질되어 있는 수준 또한 뛰어났다.

특히 작은 체구의 사막악어가 가진 짧은 창의 경우에는 쇠를 제련한 듯 날카로움이 살아 있었다.

'빨리 언어를 익혀야겠어.'

문제는 기회.

언제쯤 사막악어를 죽이고 에르그 기관을 섭취할 수 있을 것인가.

신혁돈의 고민이 무색하게도 기회는 생각보다 빠르게 찾아왔다.

챙!

"카! 후카!"

크루자크가 붉은 사막악어의 어깨를 쳐서 밀어내고선 두 자루의 검을 뽑아들었다.

그리곤 오른손에 든 검으로 신혁돈을 가리켰다.

그러자 붉은 사막악어가 무어라 소리치며 그를 제지하려 했지만 덩치가 크고 진흙이 덕지덕지 묻은 사막악어가 붉은 사막악어를 멈춰 세웠다.

'도전인가…….'

자세한 내용까지는 몰라도 돌아가는 상황을 보니 얼추 파악이 가능했다.

두 자루의 검을 든 놈, 크루자크가 나를 인정할 수 없다, 싸워보겠다 이런 말을 했을 것이고, 붉은 사막악어는 그것을 제지하려 했을 것이다.

하지만 설득하지 못했고 결국 저놈은 신혁돈에게 도전을 한 것이다.

붉은 사막악어가 끼어들지 못하는 것을 보니 도전 그 자체를 신성시 여기는 듯했다.

"그럼 받아줘야지."

신혁돈은 선 자세 그대로 손바닥을 펴 까딱였다.

도발.

종족과 문화는 달라도 도발은 통하는지 크루자크가 신혁돈을 향해 달려들며 검을 휘둘렀다.

후우웅!

바람을 가르는 소리와 함께 대검이 신혁돈의 머리는 물론이거니와 몸까지 두 쪽 내버리겠다는 듯 떨어져 내렸다.

거대한 덩치와 힘을 이용한 일격!

'태수 정도인가.'

만약 방심을 한 상태였다면 신혁돈 또한 놀랄 만한 매서운 일격이었다.

하지만 신혁돈은 방심하지 않고 있었기에 쉽게 공격을 피했고, 그 순간 대검 뒤에 가려져 있던 왼손에 들려 있던 검이 찌르고 들어왔다.

신혁돈은 검을 피하지 못했고, 크루자크의 검이 신혁돈의 가슴을 깊게 찌른 순간.

카앙!

하지만 크루자크의 검은 가슴 껍질을 뚫지 못하고 튕겨나갔다. 사막악어 특유의 세로로 찢어진 눈이 커다랗게 떠졌고, 어느새 내뻗은 신혁돈의 손이 크루자크의 가슴을 꿰뚫었다.

단 한 수.

신혁돈은 손을 뻗는 것만으로 크루자크의 심장을 뜯어버렸다.

"커… 커자크."

심장을 뜯긴 크루자크는 커자크라는 한마디를 남긴 채 무릎을 꿇고 쓰러졌다. 신혁돈은 손에 들린 심장을 그대로 입으로 가져가 씹어 삼켰다.

그 순간 세 마리의 우두머리가 신혁돈의 앞에서 한쪽 무릎을 꿇었다.

"하카마, 카단테."

"하카마, 키룽가."

"하카마, 단카."

하카마는 복종의 의미를, 뒤는 자신들의 이름을 말하는 듯했다.

붉은 사막악어가 단카, 작은 놈이 카단테, 진흙을 덕지덕지 묻힌 녀석이 키룽가였다.

신혁돈은 고개를 한 번 끄덕인 뒤 자신을 가리키며 말했다.

"왕, 신혁돈."

"칸. 시카다나."

자신의 이름을 발음하지 못할 것이라는 건 예상했지만 전혀 다른 이름이 되자 신혁돈은 다시 한 번 발음해 주었다.

"왕, 신혁돈."

"칸… 시카다나."

하지만 전혀 나아질 기미가 보이지 않는다.

신혁돈은 대충 고개를 끄덕여주었고 그제야 세 사막악어가 일어나며 소리쳤다.

"칸! 시카다나!"

그러자 그들을 둘러싸고 있던 수백, 수천의 악어들이 소리쳤다.

"칸! 시카다나!"

자신의 이름을 연호하는 사막악어들에 둘러싸인 신혁돈은 묘한 흥분을 느꼈다. 그는 흥분을 참지 않고 주먹을 쥔 손을 높이 들었다.

"칸! 시카다나!"

* * *

더 가드 길드 마스터 사무실.

더 가드의 길드마스터인 조훈현이 한숨을 쉬며 머리를 쥐어뜯었다. 그리곤 반사적으로 손바닥을 펴 뽑힌 머리카락의 개수를 확인했다.

"하나, 둘, 셋. 아이고……."

패러독스가 차원문에 들어간 지 열흘이 넘었다.

한 시간이 멀다하고 전 세계의 길드들이 화이트 홀에 대해 물어왔고, 조훈현은 아는 것에 대해 성심성의껏 대답해 주었다.

기자회견 또한 매일 열리고 있었으며 해외 유명 방송국들의 인터뷰 요청에 몸이 두 개라도 모자랄 지경이었다.

그런 와중에 마냥 기뻐할 수만은 없었다.

"내가 아는 게 있어야지……."

신혁돈은 화이트 홀에 대해 단편적인 정보만 주고 떠났기에 조훈현이 아는 것은 얼마 되지 않았다.

아는 것을 모두 말했음에도 다른 이들은 새로운 정보를 원했고 그때마다 조훈현은 머리를 쥐어뜯었다.

그 결과.

삼 일 만에 원형탈모가 생겼다.

조훈현은 어제 구입한 동그란 손거울에 머리를 비추어 보았다.

분명 사흘 전까지만 해도 풍성했던 머리숱이 이제는 듬성듬성해졌다.

"아이고……."

그때, 누군가 길드 마스터 사무실의 방문을 두들겼다.

"간수훕니다."

"들어와."

조훈현은 손거울을 숨기며 대답하자 간수호가 문을 열고 들어오며 말했다.

"또 거울 보고 계십니까?"

"안 봤거든."

"그 밑에 거울 보입니다."

조훈현은 화들짝 놀라며 거울을 숨겨둔 곳을 보았으나 거울 손잡이도 보이지 않았다.

속았다는 것을 깨달은 조훈현이 무어라 하려는 순간.

간수호의 뒤로 길드원 하나가 자기 상체만 한 파일 더미를 들고 들어와 테이블에 올려두었다.

"…뭐냐?"

"처리하셔야 할 서류죠."

"…내가?"

"예, 대부분 마스터님에 대한 인터뷰 요청과 정보 공유 요청, 뭐 그런 것들입니다."

조훈현은 습관적으로 머리를 쥐었다가 놓으며 한숨을 내쉬었다.

"다 거절하고 오후에 기자회견 잡아."

"더 할 말도 없지 않습니까?"

"없지. 그런데 이거 하나하나 대답하느니 그냥 사람들 모아 놓고 얘기하는 게 빠를 거 아니야."

"그건 그렇죠."

"오후 3시로 잡고, 밥이나 먹어야겠다."

"보신도 할 겸 삼계탕 어떠십니까?"

가만히 간수호를 바라보던 조훈현은 테이블 위의 파일더미를 바라보다 말했다.

"수호야."

"예."

"탈모에 좋은 음식이 뭐 있냐?"

간수호는 헛웃음을 흘리며 그를 바라보았다. 농담이라 생각하고 웃음을 흘린 것인데 조훈현의 표정이 사뭇 진지하다.

간수호 또한 진지한 표정으로 그의 옆에 앉았다. 그리곤 짐짓 고민하는 척 턱을 긁적이다 말했다.

"글쎄요… 탈모 같은 아저씨 같은 걸로 걱정해 본 적이 없어서."

조훈현은 조용히 파일더미 맨 위에 있는 파일을 집어 간수호의 머리를 후려쳤다.

"나가! 나가, 새끼야!"

간수호는 머리를 가리며 말했다.

"어이쿠, 이러다 제 머리도 빠지겠습니다."

조훈현은 간수호의 풍성한 머리숱을 보다가 한숨을 내쉬고

선 들고 있던 파일을 내려놓았다.

"…망할 놈."

간수호는 조훈현이 고생하는 모습이 즐거운지 배실배실 웃으며 말했다.

"삼계탕이나 먹으러 갑시다. 내려오십시오. 아, 그리고 스트레스는 탈모의 원인이랍니다. 화를 다스립시오. 파이팅입니다!"

간수호는 방을 나섰고 닫힌 문에다 냅다 파일을 집어던지려던 조훈현은 미간을 펴고선 숨을 깊게 들이쉬었다.

"후… 릴렉스, 릴렉스."

간수호의 말이 맞다. 화는 탈모에 좋지 않다.

몇 번의 심호흡으로 안정을 찾은 조훈현이 홀로 중얼거렸다.

"화이트 홀인지 뭔지 차라리 지금 열렸으면 좋겠구먼."

그럼 자신이 이렇게 고생할 필요도 없어질 것이다.

조훈현은 고개를 휘휘 저었다.

"아니, 안 되지."

지금 화이트 홀에 대비된 사람은 아무도 없다.

최대한 많이 알리고 모두를 준비시켜 피해를 억제해야 하는 상황에 무슨 생각을 하는 건지.

자신의 뺨을 짝짝 때려 정신을 깨운 조훈현이 자리에서 일어섰다.

*　　　*　　　*

신혁돈은 사막악어들에게 칸, 시카다나라는 이름으로 불렸다.

굳이 정정할 필요를 느끼지 못했기에 그대로 두었고, 그들은 자기 나름의 규율을 만들어 신혁돈을 대접했다.

신혁돈과 대화를 나눌 수 있는 것은 네 우두머리뿐이었다.

원래는 신혁돈이 하나를 죽였기에 셋이 되어야 맞지만 크루자크 부족이 알아서 새로운 우두머리를 뽑아 보냈기에 넷이 유지된 것이다.

철저히 힘으로 돌아가는 사회였기에 그만큼 합리적이었다.

그렇기에 더욱 신혁돈의 마음에 들었다.

인간의 사회처럼 앞에서는 미소를 짓고 뒤에서는 칼을 가는 행동 따위는 없다.

마음에 들지 않는다면 그 자리에서 힘으로 해결한다.

그리고 자신이 패배한다면 깔끔하게 결과를 인정한다.

자신의 힘이 약하기 때문에 상대를 승복시키기 못했다고 자신을 탓하며 수련에 매진하는 사회가 바로 사막악어의 사회였다.

'괜찮군.'

마음 같아서는 모든 사막악어를 테이밍시킨 뒤 데리고 다니고 싶었다.

그래서 사용까지 해보았으나 조건이 충족되지 않아 불가능하다는 메시지가 출력되었다.

즉 조건만 맞으면 언제든 테이밍이 가능하다는 소리.

아직 아쉬워할 단계는 아니었다.

모든 사막악어들의 왕이 된 신혁돈은 붉은 사막악어의 안내를 따라 모든 사막악어 부족을 방문했다.

그에게 호의적인 부족도, 적의를 비치는 부족도 있었으며 그를 신으로 추앙하는 부족 또한 있었다.

특히 기억에 남는 부족은 달 아래 부족이었다.

그들은 부족장을 필두로 모든 부족원이 신혁돈에게 일대일 도전을 신청했다.

신혁돈의 패배는 없었다.

즉 모두 죽었다.

신혁돈의 손으로 목숨을 끊지 않더라도 패배는 수치라 여기며 즉각 자결을 해버리는 성질 급한 부족이었다.

그 덕에 신혁돈은 삼백 개가 넘는 에르그 기관을 섭취할 수 있었고, 포식의 사막악어 스킬 랭크를 D까지 올릴 수 있었다.

사막악어 스킬 랭크가 D가 되는 순간.

[사막악어의 언어 - 초급을 습득하셨습니다.]

말문이 트였다.

그때부터 주변에서 들리던 거친 숨소리 같던 것들의 뜻이 이해가 되기 시작했다.

문장 전체를 이해하는 것이 아니라 단어만 들리긴 했지만 그것만으로도 장족의 발전이었다.

그때부터 신혁돈은 단어를 통한 대화를 시작했고 붉은 사막악어, 단카를 통해 정보를 얻어낼 수 있었다.

말문이 트이고 대화를 시작하자 정보를 얻는 것은 일도 아니었다.

단카는 신혁돈에게 자신이 알고 있는 모든 것을 알려주려는 듯 쉴 새 없이 이야기했다.

그중 신혁돈의 흥미를 끈 것은 사막의 전설에 대한 것이었다.

"원래 저희 사막악어들에게도 왕이 있었습니다. 그리고 그때의 사막은 저희의 것이었습니다. 하나 손가락으로 셀 수 없을 정도로 오랜 세월 전, 세뿔가시벌레들의 여왕이 크게 다친 채 우리의 우두머리를 찾아왔습니다. 우리의 우두머리는 강자의 아량을 베풀어 여왕에게 조그만 땅을 내주었습니다."

모두가 아는 이야기인지 단카의 말에 집중하고 있는 사람은 신혁돈뿐이었다. 단카는 신경 쓰지 않고 말을 이었다.

"그렇게 또 오랜 시간이 흘렀습니다. 그리고 몸을 회복한 여왕은 새끼들을 낳기 시작했고, 새끼들을 배불릴 음식을 요구했습니다. 여왕의 요구를 들어줄 이유가 없던 우두머리는 거부한 뒤 여왕을 내쫓았습니다. 사막에서는 누구라도 일을 해야 먹을 자격이 있다는 율법을 내세워서 말이죠."

"그래서?"

어느새 몰입한 신혁돈이 뒷이야기를 재촉했다. 단카는 유독 붉은 콧잔등을 벅벅 긁고선 말을 이었다.

"하지만 여왕은 자신의 아이들이 클 때까지만 시간을 달라 했습니다. 그 이후에는 자신이 알아서 떠나겠다고 했습니다. 하지만 우두머리는 이미 마음을 굳힌 상태였습니다. 세뿔가시벌레가 먹는 양을 감당할 수 없다는 이유도 있었겠죠. 어쨌거나 여왕은 알에서 막 깨어난 새끼들과 함께 쫓겨났고, 결국 모든 새끼를 잃었습니다."

"쯧."

신혁돈이 혀를 찼다.

모든 새끼를 잃은 여왕이 피눈물을 흘리며 복수를 꿈꿨고, 작금의 상황이 된 것이 안 봐도 눈에 선했기 때문이었다.

"호의가 계속되면 권리인 줄 아는 법이지."

신혁돈의 말에 단카가 눈을 부릅떴다.

그리고선 신혁돈을 바라보며 천천히 고개를 끄덕이며 말했다.

"역시… 예언은 틀리지 않았습니다."
"예언?"
신혁돈의 물음에 단카가 당황하며 되물었다.
"예언을… 모르십니까?"
신혁돈은 대답 대신 침묵으로 일관하며 단카를 바라보았다.
가끔 침묵은 강력한 무기가 될 때가 있다. 바로 지금처럼.
신혁돈의 눈길을 받던 단카는 시선을 피하며 말했다.
"여왕은 순순히 쫓겨나지 않았고 결국 우두머리에게 도전을 했습니다. 하지만 여왕은 패배했죠. 당연한 결과였습니다. 여왕은 상처를 입은 상태였고 고대의 우두머리는 상상할 수 없을 만큼 강력한 힘을 가지고 있었으니까요."
신혁돈의 고개가 모로 꺾였다.
"고대의 사막악어?"
"예, 어마어마하게 크죠. 어쨌거나 우두머리께선 마지막 아량을 베풀어 여왕을 쫓아냈습니다. 하지만 어리석은 여왕은 쫓겨나며 '너희의 우두머리가 되는 자는 영원한 죽음을 벗어나지 못할 것이다.' 라고 저주를 남겼습니다."
저주라.
기껏해야 오렌지 홀 A등급의 보스 몬스터가 거는 저주가 그렇게 오랜 세월 유지될 리는 없다.
그렇다는 것은 그 당시의 여왕은 오렌지 홀 A등급 이상의 괴물이거나 저주가 거짓이라는 뜻이 된다.

신혁돈을 힐끗 바라 본 단카가 말을 이었다.

"그 저주 탓인지, 사막악어를 이끄는 모든 우두머리는 1년을 넘기지 못한 채 죽어나갔습니다. 그렇게 오랜 세월이 지나고 사막악어 종족은 분열하기 시작했습니다. 구심점이 없으니 흩어지는 건 당연한 거죠."

단카는 목이 타는지 허리춤에 걸린 물통을 한 모금 마신 뒤 말을 이었다.

"물론 저주만 있는 것은 아니었습니다. 여왕의 저주를 받은 당시의 우두머리는 자신의 죽음을 예견한 것인지 덤덤히 말했다 합니다. '빛나는 문을 건너온 이가 우리를 구원할 것이다. 그는 우리보다 영리하며, 우리보다 강하고, 우리보다 빛난다.'라고 말입니다. 전 칸을 본 순간 깨달았습니다. 저분이 우리의 구원자구나, 저분이 바로 빛나는 분이구나. 하고 말입니다."

듣고 있던 신혁돈의 미간이 찌푸려졌다.

빛나는 문.

차원문을 이야기하는 것이 분명하다.

"그게 얼마나 예전부터 전해 내려오던 이야기지?"

단카는 거기까지는 모르는지 다른 이들을 바라보았다. 그러자 유난히 키가 작은 사막악어, 카단테가 한 발 앞으로 나서며 말했다.

"손가락으로 셀 수 없을 만큼 오래된 이야기입니다."

신혁돈은 사막악어의 손가락을 바라보았다.

짧고 통통한 세 개의 손가락.

양 손을 합쳐봐야 여섯 개다.

강함 외의 것에 전혀 관심이 없기에 날짜를 세는 방법도 모르는 이들에게 너무 많은 것을 기대했다.

"그 전설이 실제로 일어났던 일이라는 건 어떻게 알 수 있지?"

그러자 단카가 당연하다는 듯 말했다.

"당시 우두머리셨던 자흐칸의 유해가 아직까지 남아 있습니다. 그리고 그 유해가 있는 곳에 현재의 여왕이 머물고 있죠."

"…뭐? 여왕의 위치를 알고 있나?"

"예."

신혁돈의 물음에 단카가 당연하다는 듯 대답했다. 무슨 이유인지를 묻는 듯한 표정에 신혁돈은 고개를 저었다.

'멍청했군.'

적어도 수백 년을 이 사막에서 살아온 종족인데 자신들의 천적의 왕이 어디에 살고 있는지는 알고 있을 것이었다.

신혁돈이 자책하는 사이 단카가 말을 이었다.

"이야기를 끝마치자면, 당시의 여왕도 죽었습니다. 하지만 여왕의 새끼들은 여왕의 시체를 먹고 살아남았고 결국 지금의 상황까지 이르게 된 거죠."

그 순간.

[히든 퀘스트가 발생했습니다.]

[히든 퀘스트 - '사막의 역사'를 수락하시겠습니까?]

'이게 무슨…….'

난생처음 보는 히든 퀘스트였다.

괴물과 대화를 통해 받을 수 있는 퀘스트라니.

가이아의 안배가 어디까지 뻗쳐 있는지 상상조차 힘들었다.

신혁돈은 고개를 휘휘 저은 뒤 말했다.

"수락하지."

[사막의 주인]

본래 사막의 주인이었던 사막악어들의 왕위를 되찾으십시오.

고대 사막악어 우두머리 자흐칸이 베풀었던 아량은 비수가 되어 되돌아왔고, 결국 고대 사막악어 왕국은 멸망하고 말았습니다.

자신의 실수에 통탄을 금치 못한 자흐칸은 저주에 대항할 예언을 남겼습니다.

예언의 주인이 되어 모든 세뿔가시벌레를 물리치고 사막악어들에게 사막을 되돌려주십시오.

[숨겨진 이야기]

마왕 벨라툼의 오른팔이나 다름없던 벌레들의 여왕 인세트는 벨라툼의 왕좌를 노리곤 반역을 일으켰습니다.

하지만 모든 것을 알고 있던 벨라툼은 간단히 반역을 제압해냈고, 인세트는 모든 기반을 잃은 채 사막으로 도망쳤습니다.

인세트의 야망은 사막의 뜨거운 태양 아래서도 꺾이지 않았습니다.

고대 사막악어 왕국을 발견한 인세트는 이들을 이용해 벨라툼을 제거할 계획을 세웠습니다. 하지만 고대 사막악어의 우두머리, 자흐칸을 얕보는 우를 저질렀고 결국 여왕의 야심은 자흐칸에게 막히고 말았습니다.

…후략…….

이 뒤로는 알고 있는 이야기였다. 여왕이 저주를 했고, 자흐칸은 예언을 했다는 전설.

메시지 창을 전부 읽은 신혁돈은 다음 페이지를 보았다.

—세뿔가시벌레 여왕 처치 (0/1)

—세뿔가시벌레 성충 처치 (0/?)

—세뿔가시벌레 유충 처치 (0/?)

[달성도에 따라 보상이 달라지는 퀘스트입니다.]

모든 메시지를 읽은 신혁돈이 미간을 긁적였다.

마왕 벨라툼.

처음 들어보는 이름이었지만 마왕이라 불리는 것은 마신 그리드의 아홉 마왕뿐이다.

즉 아홉 마왕 중 하나라는 뜻이고, 그렇다면 신혁돈이 발을 딛고 있는 이 세계는 벨라툼이 관장하는 차원일 가능성이 크다.

신혁돈은 걸음을 멈추고 말했다.

"벨라툼이라는 이름을 아는가?"

단카는 세로로 죽 찢어진 동공을 굴리며 다른 우두머리들을 바라보았다. 하지만 다른 우두머리들 또한 눈알을 굴릴 뿐 선뜻 대답을 하는 이는 없었다.

"모르겠습니다."

"그리드는?"

"그것도 모르겠습니다."

단카의 대답에 신혁돈의 미간이 찌푸려졌다.

'벨라툼이 관장하는 차원이 아니란 말인가?'

"그렇다면 빛나는 문을 본 적 있나?"

신혁돈이 묻는 것에 하나도 대답을 하지 못한 단카는 의기소침해진 목소리로 대답했다.

"…죄송합니다."

"모르는 건 죄가 아니다. 고로 죄송할 필요 없다."

말을 마친 신혁돈은 다시 걷기 시작했고 신혁돈의 말을 곱씹던 단카가 뒤늦게 그의 뒤를 따르며 물었다.

"칸께서 말씀하신 이름들을 찾아보겠습니다."

"그럴 필요 없다. 대신, 역사에 조예가 깊은 자를 찾아봐."

단카는 찾을 필요도 없다는 듯 카단테를 가리키며 말했다.

"맑은 물 부족의 우두머리인 카단테가 저희 중 가장 똑똑합니다."

카단테는 눈도장을 찍을 기회가 왔다 생각했는지 짧은 다리를 부지런히 움직여 신혁돈의 옆에 섰다.

"무엇이 궁금하십니까?"

고대 사막악어의 전설이 손가락으로 셀 수 없을 만큼 오래된 이야기라며 짧고 뚱뚱한 손가락 3개를 피던 사막악어, 카단테가 눈알을 굴렸다.

신혁돈은 고개를 저었다.

"…됐다."

사막악어들에게 물어 정보를 얻느니 직접 알아보는 게 빠를 터, 신혁돈은 에르그 에너지를 끌어올리며 테이밍 스킬을 발동시켰다.

그러자 도시락과 연결된 것이 느껴졌고 신혁돈은 마음속으로 명령했다.

'나에게 오라.'

명령을 마친 신혁돈은 다시 걷기 시작했고 시무룩해진 카단테는 원래의 자리로 돌아갔다.

*　　　*　　　*

머리 위로 거대한 그림자가 드리웠다.

하늘을 나는 것들은 모두 적으로 간주하는 사막악어들이 화들짝 놀라며 무기를 빼들며 하늘을 올려보았다.

그리고 세뿔가시벌레만큼이나 거대한 새 한 마리가 그들의 동공을 가득 채웠다.

"…괴물이다!"

"적이다!"

거의 오천에 이르는 사막악어들이 부족끼리 뭉치며 방어진을 갖추며 부산을 떠는 동안, 사막악어들을 힐끗 바라본 괴조는 곧바로 사막악어들의 중심부로 날아들었다.

중심부에 있던 우두머리들 또한 각자의 무기를 빼들며 신혁돈의 앞으로 나섰다.

신혁돈은 그들을 말리려다 카단테가 들고 있는 무기를 보고 멈칫했다.

'아틀라틀?'

투창 보조 도구라 부를 수 있는 무기로써 창을 끼워 멀리

던질 수 있게 해주는 도구다.

보기엔 'ㄴ'자로 생겨 무슨 용도로 쓸 수 있을지 의문이 들지만 막상 창을 끼워 던져보면 어지간한 스킬만큼의 파괴력을 내는 무기가 바로 아틀라틀이다.

한데 카단테는 창을 들고 있지 않았다.

신혁돈의 얼굴에 의문이 떠오른 순간.

카단테가 바닥의 모래를 쥐어 자신의 아틀라틀에 뿌리며 주문을 외웠다. 그러자 모래가 자의를 가진 듯 움직이며 기다란 창으로 변했다.

'메이지 계열 이능인가.'

과연 조그만 키로 우두머리에 오른 이유가 있었다.

카단테가 창을 쏘기 직전.

신혁돈이 우두머리의 앞으로 나서며 말했다.

"내 수하다."

말을 마친 신혁돈은 허공에 손을 뻗었다. 도시락은 신혁돈의 말에 응답하듯 기성을 질렀다.

"까아악!"

그리곤 곧바로 마법진을 발동시켜 크기를 줄이며 신혁돈의 팔뚝으로 내려앉았다.

일련의 과정을 지켜보고 있던 사막악어들의 턱이 바닥에 닿을 듯 벌어졌다.

"수하… 말입니까?"

"그래."

신혁돈은 미리 챙겨두었던 사막악어 가죽을 꺼내 글을 적었다.

—여왕 위치 포착. 합류 준비할 것.

그리곤 도시락의 발톱에 묶어준 뒤 말했다.

"다시 가라."

도시락은 오랜만에 만난 신혁돈의 얼굴에 부리를 비비고서는 다시 하늘로 날아올랐다.

원래의 크기로 돌아간 뒤 포효를 하는 것도 빼먹지 않았다.

"…맙소사."

*　　　*　　　*

전 사막을 돌며 사막악어 부족을 규합하는 여행은 계속되었다.

여행이 계속될수록 신혁돈이 이끄는 사막악어의 수는 늘어갔고, 곧 난관에 봉착했다.

"식량이 모자랍니다."

사막악어는 사막의 척박한 환경에 적응한 생물들이다.

즉 한 번에 많이 먹고 몸에 저장한 뒤 활동하며 며칠 정도는 아무것도 먹지 않아도 움직일 수 있다.

물이야 오아시스로 해결할 수 있지만 음식의 경우에는 그게 불가능했고, 굶는 것 또한 한계에 다다른 것이다.

“알겠다.”

신혁돈에게 말을 올리는 단카는 꽤나 진중한 얼굴이었지만 신혁돈은 덤덤하기 그지없었다.

식량난을 해결할 아주 간단한 방법이 있기 때문이었다.

“전투를 대비하고 있어라.”

말을 마친 신혁돈은 곧바로 하늘로 날아올랐다. 그가 날아간 방향을 바라보던 단카가 다른 우두머리들에게 물었다.

“…내가 제대로 들은 것이 맞나? 전투를 대비하라 하신 것 같은데.”

“나도 그렇게 들었다.”

“그럼 내가 제대로 말한 것이 맞나? 식량이 모자라다고?”

“난 그렇게 들었다.”

단카는 우두머리들에게서 시선을 돌려 하늘을 올려보았다.

“…그럼 어딜 가시는 거지?”

하늘로 솟구친 신혁돈은 세뿔가시벌레들의 여왕이 있는 곳으로 날기 시작했다.

10분쯤 날았을까, 신혁돈의 귓가에 전기톱 소리와 비슷한 세뿔가시벌레 특유의 날갯짓 소리가 울렸다.

'찾았군.'

신혁돈은 거침없이 날갯소리가 들린 곳으로 날아갔고, 곧 세뿔가시벌레 한 마리를 발견할 수 있었다.

세뿔가시벌레 또한 신혁돈을 발견했는지 신혁돈을 향해 날아왔다.

신혁돈은 속도를 줄이지 않고 세뿔가시벌레의 이마를 향해 돌진했다.

드드드드드드드드!

지축을 울리는 날갯소리에 사막악어들의 눈에 공포가 서렸다.

본능에 새겨진 공포가 고개를 들이미는 것을 고개를 휘휘 젓는 것으로 털어낸 단카가 하늘을 올려보았다.

멀리서 두 개의 점이 빠른 속도로 날아오고 있었다.

"…음?"

근데 모양이 이상하다.

세뿔가시벌레의 이마에 있어야 할 세 개의 뿔이 두 개밖에 없다.

그것뿐이라면 얼추 이해를 했을 것이다.

한데 뿔 하나가 세뿔가시벌레보다 먼저 날고 있다.

세뿔가시벌레가 자신의 몸에서 도망가는 뿔을 쫓고 있는 듯한 기이한 모양새였다.

"…내 눈이 이상한가?"

"아니, 나도 세뿔가시벌레의 뿔 하나가 홀로 날아가는 것으로 보인다."

"…배가 고파 헛것이 보이나."

그때, 카단테가 홀로 날고 있는 뿔을 가리키며 말했다.

"칸이 뿔을 들고 날고 계신다!"

그제야 뿔 밑에서 열심히 날갯짓을 하고 있는 신혁돈의 모습이 눈에 들어왔다.

"오… 칸이시여……."

그의 힘과 능력에 감탄했지만 의문은 풀리지 않았다.

"…한데 뿔은 왜?"

그 순간.

신혁돈이 고도를 낮추기 시작했다.

그 뒤를 따르는 세뿔가시벌레 또한 고도를 낮추며 신혁돈을 추격했고 신혁돈이 모래에 충돌하기 직전.

신혁돈은 기적적으로 하늘로 솟구쳐 올랐다.

콰과과과광!

하지만 그의 뒤를 따르던 세뿔가시벌레는 자신의 속도를 이기지 못하고 사막에 얼굴을 처박았다.

그대로 사막을 구른 세뿔가시벌레는 분노를 참지 못하고 포효하며 몸을 일으켰다.

"쿠어어어!"

그때.

"멍청한 놈."

하늘 높이 솟구쳐 올랐던 신혁돈이 뿔은 든 채 세뿔가시벌레의 숨구멍을 향해 떨어졌다.

쿠웅!

"쿠에에!"

단 한 수.

숨구멍에 꽂힌 뿔은 뇌를 뚫었고 세뿔가시벌레는 선 채로 즉사했다.

신혁돈은 떠오르는 에르그 코어를 흡수한 뒤 뒤로 돌아 자신을 보고 있는 사막악어들에게 말했다.

"밥이다."

그리고 2주일이 흘렀다.

12,903마리.

사막에 존재하는 모든 사막악어들의 수였다.

만 마리가 넘는 사막악어들이 칸의 이름으로 같은 목적을 가진 채 한곳에 모였다.

"…장관이군."

사막악어들이 모여 있는 오아시스를 바라보던 윤태수가 말했다.

"장관이요? 전 소름 돋는데."

"그렇게 보니 또 그러네."

홍서현의 말을 듣고 보니 징그러울 만도 하다.

네 발로 걸어도 위압이 느껴지는 악어가 두 발로 걷는 데다가 어지간한 사막악어들은 2m가 넘는 키를 가지고 있다.

"뭐, 어쨌거나 내일부터는 함께 싸울 놈들이니 너무 징그러워하지 마십시오."

윤태수의 말에 홍서현은 쯧 하고 혀를 찼다.

"그게 마음대로 되나."

윤태수의 말대로 모든 작전이 내일 시작된다.

이 주일 동안 사막에 존재하는 모든 사막악어를 규합한 신혁돈은 곧바로 여왕을 향해 진격했다.

그리고 이곳에 도착한 것이 사흘 전.

사흘이라는 기간 동안 신혁돈은 전략을 짜고 부족을 나누었다.

그리고.

"근데 저건 뭐예요?"

모든 사막악어들의 허리춤에 검은색 무언가로 만들어진 'ㄴ'자 모양의 도구가 걸려 있었다.

"뭐랬더라… 아틀리에? 아틀라틀? 뭐 그런 이름이었습니다."

"그게 뭔데요?"

윤태수는 어깨를 으쓱인 뒤 말했다.

"저도 모릅니다. 형님 성격 아시잖습니까."

"그 이름 네 글자만 말하고 갔겠네."

"그렇죠."

홍서현은 한숨을 흘리고는 분지 아래 모여 있는 사막악어들에게 시선을 돌렸다. 그사이 주변을 둘러보던 홍서현은 곧 신혁돈을 발견할 수 있었다.

모두가 모래의 색을 닮은 피부를 하고 있는데 홀로 검은 광택이 도는 껍질을 하고 있었으니 눈에 띄는 게 당연했다.

신혁돈은 군락 여기저기를 돌아다니며 사막악어들을 살피고 있었다.

"먼 바위 부족은 준비 되었나?"

"아직입니다. 손재주가 좋은 부족들이 모두 투입되었으니 오늘 내로 마무리될 겁니다. 완성품을 보시겠습니까?"

신혁돈이 고개를 끄덕였고 그의 옆에 비서처럼 서 있던 단카가 검은색 단창 하나를 건넸다.

60㎝ 정도 길이에 창날의 날카로움이 살아 있긴 했지만 창이라고 부르기도 뭐한, 잘라놓은 이쑤시개 같은 모양새였다.

하지만 신혁돈은 만족스러운지 고개를 끄덕였다.

"잘되었군."

단창을 다시 넘겨받은 단카가 조심스레 물었다.

"연습이 필요하지 않겠습니까?"

"그만한 덩치를 못 맞추는 사막악어가 있을 리 없다."

신혁돈의 말에 단카가 천천히 고개를 끄덕였다.

표적의 크기가 어마어마하니 대충 쏴재낀다 한들 못 맞추는 게 더 힘들다.

"알겠습니다. 그럼 내일 아침 출정하는 것으로 알리겠습니다."

"그래."

비장의 무기 또한 완성되었다.

원래 계획에 없던 것이라 사흘이라는 시간이 걸리긴 했지만 사흘이 아깝지 않을 정도의 효율을 보여줄 것이었다.

"감이 좋군."

모든 것이 준비되었다.

이제 남은 것은 격돌뿐이다.

깊은 협곡의 꼭대기에 도착한 신혁돈은 협곡 안을 살폈다.

그 안으로 거대한 기둥들이 솟아 있었다.

어지간한 세뿔가시벌레보다 거대한 기둥들은 아치형으로 모양을 이루고 있었는데 멀리서 보면 어떤 생물의 갈비뼈와 비슷한 구조를 하고 있었다.

누런 기둥을 자세히 살피던 신혁돈은 기둥 사이사이의 흰색 균열을 발견할 수 있었다.

'설마…….'

자신의 눈을 의심한 신혁돈은 더 자세히 기둥들을 살폈고 이내 깨달을 수 있었다.

'저게 고대 사막악어의 유골인가.'

고대 사막악어의 왕 자흐칸의 유골에 여왕이 살고 있다 했다.

사막악어의 유골이라 해봤자 몇 미터가 넘지 않을 것이라 생각했는데, 완벽히 틀린 생각이었다.

자흐칸의 유골은 얼핏 보아서는 기둥으로 보일 정도로 거대했다.

'…엄청나군.'

고대 사막악어들이 전부 자흐칸만큼 거대한 몸을 가지고 있었다면 사막의 주인이라 불려도 이상할 것 없을 것 같았다.

그런 자흐칸과 호각을 이루었다는 여왕은 또 얼마나 강했단 말인가.

신혁돈은 고개를 휘휘 젓고 협곡의 깊은 곳으로 시선을 던졌다.

거대한 세뿔가시벌레들과 몇 마리의 유충이 있었고, 제일 안쪽에는 여왕이 있었다.

어지간한 세뿔가시벌레 세 마리는 합쳐놓은 듯한 크기의 여왕은 바닥에 앉아 엉덩이를 들썩거리고 있었다.

'알을 낳는 것인가.'

신혁돈의 예상대로 여왕은 몇 번 엉덩이를 흔들다 거대한 알들을 쏟아냈다. 그러자 세뿔가시벌레들이 다가와서 알을 들고 어디론가 날아갔다.

'저런 식으로 퍼뜨리는 것이군.'

십여 개의 알을 낳은 여왕은 산란이 끝났는지 바닥에 엉덩이를 붙이고 앉았다.

신혁돈은 협곡 내부의 구조를 완벽히 파악한 뒤 일행이 기다리고 있는 곳으로 돌아갔다.

*　　　*　　　*

"협곡의 입구가 생각보다 좁다."

신혁돈의 말에 모든 우두머리들의 시선이 집중되었다. 사막 악어 부족들의 우두머리만 호출했는데도 쉰 마리에 가까운 사막악어가 모였다.

"입구로 진입하지 않고 협곡 밖으로 유인해서 잡는 방식으로 전투를 펼칠 것이다. 그렇게 싸우다 모든 세뿔가시벌레들이 협곡 밖으로 나오고 여왕을 지키는 최소한의 병력만 남았을 때 내가 협곡 안으로 진입한다."

신혁돈의 말이 끝나자 단카가 손을 들었다.

"홀로 진입하십니까?"

신혁돈은 고개를 저었다.

"조력자가 있다."

단카를 비롯한 사막 악어들은 신혁돈이 도시락을 통해 다른 이들과 연락을 주고받는 것을 봐왔기에 조력자라는 말에 수긍했다.

"그럼 저희들의 역할은 칸께서 여왕을 죽일 동안 시간을 버는 것입니까?"

"시간을 버는 게 아니라 모든 세뿔가시벌레를 죽이는 게 너희들의 역할이다."

신혁돈의 말에 사막악어의 우두머리들이 고개를 주억거렸다.

"진입 순서와 진형은 이렇다."

신혁돈이 작전에 대해 설명을 시작했고 사막악어 우두머리들은 경청했다. 곧 자세한 작전 설명이 끝나자 신혁돈은 질문을 받은 뒤 말했다.

"그럼 한 시간 뒤 출발하지. 정비를 끝내두어라."

"예."

말을 마친 신혁돈은 날개를 편 뒤 패러독스 길드원들이 있는 곳을 향해 날아갔다.

*　　　　*　　　　*

신혁돈의 작전 설명을 들은 이서윤이 말했다.

"드디어 이 지긋지긋한 사막도 오늘로서 끝이겠네요."

그녀의 말에 동조하는 이들이 고개를 끄덕이며 말을 받았다.

"시원한 맥주 한 캔 하고 싶네요."

"난 시원한 거라면 물만 마셔도 좋을 것 같은데."

"치킨… 피자… 햄버거… 기름진 음식 좀 먹고 싶다."

각자가 자신이 먹고 싶은 음식을 말하기 시작했다. 이대로 뒀다간 끝도 없을 것 같자 신혁돈이 짝하고 박수를 친 뒤 말했다.

"그것도 여왕을 잡고 살아남아서 차원석을 부숴야 가능한 일이니 아직은 긴장을 풀지 마라."

"넵."

지금까지 수십 마리의 세뿔가시벌레를 사냥한 덕인지 길드원들은 전보다 훨씬 강해져 있었다.

게다가 세뿔가시벌레가 드롭한 아이템들로 무장까지 했으니 어지간한 4등급 각성자들보다 강할 듯했다.

신혁돈 또한 마찬가지.

그들과 함께 사냥하진 않았지만 사막악어들과 돌아다니며 쉬지 않고 사냥을 했다.

그 덕에 꽤 많은 에르그 에너지를 획득할 수 있었으며 스킬들의 랭크 또한 빠르게 올랐다.

이 정도라면 아이가투스의 여섯 번째 차원에 도전할 수 있다.

"한 시간 뒤 출발하니 준비해 둬라."

"알겠습니다."

* * *

“진격!”

신혁돈의 목소리가 사막을 울렸다.

그러자 만 마리가 넘는 사막악어가 진격을 시작했고 그들을 보고 있던 패러독스 길드원들은 도시락의 등에 올랐다.

얼마 가지 않아 협곡이 나타났고, 신혁돈의 지시에 따라 모든 사막악어가 넓게 퍼졌다.

수가 워낙 많았기에 넓은 협곡을 감싸는 것이 가능했고 모든 사막악어의 준비가 끝나자 신혁돈이 하늘로 날아올랐다.

그리곤 쏘아진 화살처럼 협곡을 향해 날아들었다.

침입자를 발견한 세뿔가시벌레들은 기성을 지르며 신혁돈을 향해 달려들었다.

“콰우우!”

세뿔가시벌레들의 포효로 협곡의 떨렸다. 협곡을 둘러싸고 있던 사막악어의 몸 또한 떨리기 시작했다.

천적, 그것도 십여 마리가 넘는 천적이 울부짖는 소리에 본능적인 공포가 찾아온 것이다.

하지만 물러서진 않았다.

오히려 무기를 굳세게 쥐고 바닥을 찍었다.

그때, 붉은 사막악어 단카가 소리쳤다.

"후카!"

그의 선창에 다른 사막악어들이 함께 외쳤다.

"후카!"

그사이 신혁돈은 협곡을 휘저으며 바로 여왕에게로 달려들었다.

그러자 여왕의 옆에서 꼼짝 않고 있던 세 마리의 세뿔가시벌레 또한 신혁돈에게 달려들었다.

'됐다.'

드디어 모든 세뿔가시벌레들의 시선을 끌었다 판단한 신혁돈이 하늘로 날아올랐다.

그의 뒤로 스무 마리가 넘는 세뿔가시벌레가 날아올랐다.

모든 세뿔가시벌레가 협곡 밖으로 나온 순간.

"카리타! 후카!"

"카리타! 후카!"

사막악어들이 허리춤에 달려 있던 아틀라틀에 창을 끼웠다.

그러고는 세뿔가시벌레를 향해 창을 쏘았다.

타다다다다다다!

셀 수 없이 많은 창이 세뿔가시벌레들을 향해 비처럼 쏟아졌다.

대부분의 창이 세뿔가시벌레의 껍질을 뚫지 못하고 바닥으로 떨어졌지만 개수가 워낙 많았기에 세뿔가시벌레의 눈이나 관절, 혹은 숨구멍에 박힌 창도 꽤나 많았다.

"쿠에엑!"

"카아아!"

창에 당한 세뿔가시벌레들이 분노가 담긴 포효를 뱉으며 사막악어들에게로 달려들었다.

자신들이 쫓던 신혁돈은 이미 안중에도 없는 상태.

"카아아!"

"후카!"

세뿔가시벌레들은 육중한 덩치를 이용해 사막악어들을 깔아뭉개며 전투를 시작했다.

사막악어들은 들고 있던 모든 단창을 던진 뒤 아틀라틀을 버리고선 각자의 무기를 뽑아들고 세뿔가시벌레를 향해 달려들었다.

만 마리가 넘는 사막악어와 세뿔가시벌레들의 전투가 드디어 시작된 것이다.

전투가 시작된 것을 확인한 신혁돈은 테이밍 스킬을 통해 도시락에게 신호를 보낸 뒤 협곡의 중심을 향해 몸을 날렸다.

그러자 상공을 배회하던 도시락이 협곡에 남아 있는 여왕을 향해 날아들었다.

자신들의 여왕이 위험한 것을 확인한 세뿔가시벌레들이 화들짝 놀라며 날아오르려 했지만 몸에 달라붙은 사막악어들 때문에 쉽지 않았다.

그사이 신혁돈은 여왕의 앞에 도착했고, 뒤이어 도시락의 등에서 뛰어내린 패러독스 길드원들이 신혁돈의 뒤에 섰다.

그때 어떻게든 사막악어들을 떨쳐낸 세뿔가시벌레 세 마리가 여왕의 곁으로 날아들었다.

"캬아아!"

포효와 함께 협곡에서의 전투 또한 시작되었다.

"플랜 C!"

신혁돈의 말에 패러독스 인원이 세 팀으로 나눠졌다. 그리곤 세 마리의 세뿔가시벌레를 향해 달려들었다.

그사이, 신혁돈은 윤태수가 건네고 간 검을 그러쥐었다.

신혁돈이 가진 능력으로는 세뿔가시벌레의 두꺼운 껍질을 뚫을 수 없다.

그렇기에 검을 든 것이다.

한손에는 검을, 다른 손에는 몰맨의 손톱을 세운 신혁돈이 여왕에게 달려들었다.

세뿔가시벌레들은 여왕을 지키기 위해 포효했지만 자신들의 앞을 막고 있는 패러독스의 길드원들 때문에 쉽사리 움직이지 못했고, 신혁돈은 아무런 방해 없이 여왕의 앞에 도착할 수 있었다.

그때, 여왕이 거대한 몸을 일으켰다.

마치 빌딩에 다리가 달린 듯한 모습에 신혁돈은 달려들던 것을 멈추고 여왕의 얼굴을 올려보았다.

보통의 세뿔가시벌레와 똑같이 생겼으나 모든 것이 거대했다.

즉 숨구멍 또한 다른 세뿔가시벌레들보다 넓었다.

'저길 노린다.'

아무리 거대하고 강한 존재라 한들 뇌가 박살 나면 버틸 수 없다.

신혁돈이 움직이려는 순간.

여왕이 날개를 펼쳤다.

드드드드드!

지금까지와는 비교할 수 없이 거대한 소리가 협곡을 울리며 여왕의 거대한 몸뚱이가 떠올랐다.

콰광! 콰광!

여왕이 날아오르며 위에 있던 고대 사막악어의 유해가 무너져 내렸고, 신혁돈은 자신의 머리 위로 쏟아지는 뼈다귀들을 피하며 날아올랐다.

여왕은 육중한 덩치에 어울리지 않는 속도로 빠르게 협곡 위로 떠올랐다.

신혁돈은 바로 도시락을 불러 도시락과 함께 여왕의 뒤를 쫓았다.

협곡 위에서 벌어지던 전투가 순간적으로 멈출 정도로 거대한 소리가 사막을 울렸다.

여왕의 겹날개가 진동하며 울리는 소리는 둔감한 사막악어들의 고막이 찢어질 정도로 거대했기 때문이다.

여왕이 날아오르고 거대한 새와 검은 점이 그 뒤를 좇았다.

"불!"

신혁돈의 외침에 도시락이 두 쌍의 날개를 퍼덕이며 속도를 냈다. 그리고 여왕을 재치고 앞에 선 순간.

여왕의 얼굴을 향해 불덩이를 뿜었다.

"까아악!"

퍼어엉!

여왕은 급히 얼굴을 틀었지만 빠른 속도로 날아오는 불덩이를 피할 순 없었고, 불덩이는 여왕의 눈을 터뜨리며 타올랐다.

"콰아아아!"

분노한 여왕이 즉시 방향을 틀어 도시락에게로 달려들었다.

도시락은 두 쌍의 날개를 자유자재로 움직이며 여왕과 하늘을 누볐고, 곧 두 마리의 괴수는 도그파이트를 벌였다.

여왕은 이능이 없기에 원거리 타격이 불가능했다.

즉, 앞서서 날아가는 도시락을 공격할 수 없었다.

하지만 도시락은 거리가 벌어질 때마다 불덩이를 쏘아 여왕의 심기를 건드렸다.

그리고 신혁돈은 어느새 불타고 있는 여왕의 눈 가까이에 붙어 있었다.

여왕의 머리에 올라선 신혁돈은 날개를 접은 뒤 순수한 악력만으로 이동하기 시작했다. 여왕이 급가속과 멈추는 것을 반복하며 도시락을 쫓는 탓에 신혁돈의 움직임은 더뎠다.

하지만 멈추지 않고 꾸준히 움직였고, 결국 여왕의 숨구멍까지 기어갈 수 있었다.

신혁돈은 바로 숨구멍 속으로 들어갔다.

뜨뜨미지근한 바람이 신혁돈을 밀어냈지만 신혁돈은 숨구멍 벽에 칼과 몰맨의 손톱을 박아 넣으며 천천히 걸어 들어갔다.

숨구멍 깊은 곳까지 들어가자 빛이 점점 사라지며 시야가 어두워지기 시작했다.

신혁돈은 스피릿 링크를 통해 몰맨의 눈을 발동시켰고 곧 시야가 확보되었다.

여왕은 숨구멍 속 이물질이 느껴지자 도시락을 쫓는 것을 멈추고 몸을 격렬하게 흔들기 시작했다.

신혁돈은 천장과 바닥이 뒤집어지는 상황에서도 멈추지 않고 전진했고, 곧 뇌로 향하는 길을 발견할 수 있었다.

여왕의 몸부림은 더욱 심해졌고, 걷는 것은 고사하고 중심을 잡고 서 있는 게 불가능할 정도가 되었다.

신혁돈은 들고 있던 검을 버렸다. 그리곤 양손에서 몰맨의 손톱을 뽑아낸 뒤 클라이밍을 하듯 바닥에 손톱을 박아 넣으며 전진했다.

"콰우우우!"

여왕의 포효가 숨구멍을 통해 바깥으로 터져나갔다.

신혁돈은 고막이 터질 듯한 고통을 꾹 참은 채 전진했고 생명의 위협을 느낀 여왕은 더욱 크게 발악했다.

하지만 신혁돈을 막아낼 순 없었다.

'보인다!'

신혁돈보다 조금 작은 크기의 뇌가 신혁돈의 시야에 들어왔다. 신혁돈은 바닥에 박아 넣고 있던 손톱을 뽑은 뒤 바닥을 박찼다.

푸확!

신혁돈은 자신의 몸을 화살처럼 날려 뇌를 꿰뚫었다.

그 순간.

[사막의 주인이 쓰러졌습니다.]

[히든 퀘스트 사막의 주인 클리어!]

[기여도에 따라 차등 보상이 주어집니다.]

퀘스트를 완료하는 창이 떠올랐다.

*　　　*　　　*

여왕의 거대한 몸이 추락하기 시작했다.

그와 동시에 사막악어와 전투를 벌이던 세뿔가시벌레들이 허둥지둥하며 주변을 살피기 시작했고, 사막악어들은 그 기회를 놓치지 않았다.

방어가 뚫리자 사막악어들은 창과 몸을 던져 세뿔가시벌레를 죽이기 시작했다.

패러독스의 길드원들 또한 세뿔가시벌레들이 허둥거리는 것을 놓치지 않고 정리했으며, 협곡 위의 전투가 마무리되기 전, 협곡 아래 있는 유충들까지 전부 정리할 수 있었다.

"저기 차원석이 있다."

그사이 탐색을 계속하던 백종화가 차원석을 발견했다.

"형님 오시면 부수죠."

"그래."

전투를 마무리 지은 윤태수는 협곡 위를 바라보며 말했다.

"근데 저 사막악어들은 어떻게 합니까?"

"글쎄… 두고 가지 않을까? 다 죽일 수는 없으니."

"흠… 데려갈 방법은 없겠지 말입니다."

윤태수의 말에 백종화가 헛웃음을 흘렸다.

"왜? 사막악어 군단이라도 만들게?"

"그럼 엄청난 도움이 되지 않겠습니까?"

"아서라, 먹이 값으로 번 돈 다 날릴걸."

"그만큼 벌면 되지 않겠습니까?"

백종화가 윤태수를 바라보았다. 장난인 줄 알고 장난스럽게 대답하고 있었는데, 윤태수의 눈빛을 보니 진심인 듯싶었다.

백종화는 고개를 휘휘 젓고서 말했다.

"형님한테 물어봐."

"예, 좀 이따 돌아오시면 여쭈어 봐야겠습니다."

윤태수를 바라보던 백종화는 고개를 돌리곤 협곡 위를 바라보았다. 협곡 위의 전투도 끝나가는지 세뿔가시벌레들의 날갯짓 소리가 잦아들고 있었다.

제4장

새로운 바람이 불다

여왕의 에르그 기관을 섭취한 신혁돈이 시체 밖으로 나온 순간.

"크자카아!"

수많은 사막악어가 죽었음에도 사막악어들은 기쁨의 포효를 질렀다.

그들의 중심에는 여왕의 시체 위에 서 있는 신혁돈이 있었다.

"칸! 시카다나!"

단카의 선창에 모든 사막악어들이 신혁돈의 이름을 연호했다.

"칸! 시카다나!"

신혁돈은 아무런 대답 없이 사막악어들을 내려다보았다. 각자의 무기를 하늘 높이 든 채 환호하던 사막악어들 사이로 단카가 걸어 나왔다.

단카는 신혁돈의 앞에 무릎을 꿇었다.

그와 동시에 모든 사막악어들의 환호가 약속이라도 한 듯 끊겼고, 침묵 사이로 단카가 말했다.

"감사합니다. 우리의 칸이시어."

신혁돈은 고개를 끄덕였고 모든 사막악어들은 다시 한 번 환호를 질렀다.

환호를 뒤로한 신혁돈은 여왕의 시체 위에 떠오른 거대한 에르그 코어를 향해 손을 뻗었다.

그러자 에르그 코어가 응축되기 시작했고, 무구의 형상을 이루었다.

에르그 코어가 만들어낸 아이템을 확인한 신혁돈이 헛웃음을 흘리며 하늘을 올려보았다.

'이것 또한 가이아의 안배인가…….'

신혁돈은 손을 뻗어 에르그 코어가 만들어낸 무구를 손에 쥐었다.

마치 그를 위해 만들어진 듯 손잡이를 쥐는 순간 안정감이 느껴지는 무기.

워해머가 신혁돈의 손에 쥐어졌다.

뼈를 부수는 자의 워해머 [Unique]

—공격력 130

—'뼈를 부수는 자'

상대를 공격해 뼈를 부술 시 2배의 공격력이 적용됩니다.

두 번째 공격으로 연속해서 뼈를 부술 시 4배의 공격력이 적용됩니다.

세 번째 공격으로 연속해서 뼈를 부술 시 8배의 공격력이 적용됩니다.

—대상의 뼈를 부수는 것으로 성장합니다.

—[성장 한계치 : 2배]

신혁돈이 다시 한 번 헛웃음을 흘렸다.

유니크 무구치고는 붙어 있는 부가 효과의 수가 적다.

하지만 단 하나의 효과가 엄청나다.

워해머, 그리고 신혁돈과 너무나도 잘 어울리는 부가 효과에 신혁돈의 입꼬리가 귀에 걸릴 듯 올라갔다.

게다가 130이라는 괴랄한 공격력 또한 너무나 마음에 들었다.

유니크 등급 중에서도 최상급이라 평가받는 무기의 공격력이 100의 근처를 맴도는 것을 생각했을 때 130은 말도 안 되는 수치였다.

하지만 그만한 패널티도 존재했다.

'…너무 무겁군.'

도대체 무슨 재질로 만든 것인지 몬스터 폼을 유지하고 있는 신혁돈의 힘으로도 들고 휘두르는 것이 버거웠다.

일반적인 밀리 계열 각성자들은 드는 것조차 힘들 만한 무게.

하지만 그런 단점마저 신혁돈에게는 이점으로 작용할 수 있다.

신혁돈을 제외하고는 그 누구도 들 수 없는 무기가 된 것이다.

"…마음에 들어."

커다란 망치처럼 생겼으나 망치 머리 부분 반대편에 날카로운 송곳이 달린 워해머를 쥔 신혁돈은 허공에 휘둘러보았다.

후웅!

한 손으로 휘두르자 워해머의 무게를 버티지 못하고 신혁돈의 몸이 중심을 잃었다.

'익숙해지려면 좀 걸리겠는데.'

예전 일이 떠올랐다.

각성을 하기도 전, 강해보인다는 이유만으로 워해머를 들었던 그날. 제대로 휘두르지도 못해 주변 이들의 비웃음을 샀었다.

오기가 생긴 신혁돈은 화장실을 갈 때도, 밥을 먹을 때도 워해머를 들고 다녔고, 결국 수족처럼 다룰 수 있게 되었다.

이것 또한 그렇게 만들 것이다.

무기를 살핀 신혁돈은 퀘스트 완료를 알리는 메시지 창을 보았다.

[사막의 주인]

—사막의 주인이었던 고대 사막악어 자흐칸이 인세트에 의해 당한 뒤 고대 사막악어는 세뿔가시벌레들에 의해 멸망당하고 말았습니다.

그 이후 간신히 명맥만을 이은 사막악어들이 사막에서 살아가기 시작했지만 그 또한 여왕의 후손인 세뿔가시벌레 때문에 쉽지 않았습니다.

하지만 그들은 새로운 사막의 주인을 기다리며 힘을 길렀고, 결국 예언은 이루어졌습니다.

모든 세뿔가시벌레를 물리치고 사막의 왕좌를 되찾으신 것을 축하드립니다.

사막악어들은 영원히 당신의 업적을 추앙하고 칭송할 것이며 이야기를 만들어 길이 남길 것입니다.

—히든 퀘스트 '사막의 주인'을 완료하셨습니다.

—보상이 주어집니다.

—'사막의 주인 배틀액스'를 획득하셨습니다.

—'사막의 주인' 칭호를 획득하셨습니다.
—스킬 '사막의 주인'을 획득하셨습니다.

사막의 주인 배틀액스 [Unique]
—공격력 84
—스킬 '모래 폭포'를 사용할 수 있습니다.
—땅 속성 친화력이 50% 상승합니다.

사막의 주인 [칭호]
—모든 능력치 +10
—사막에서는 2배로 적용됩니다.

사막의 주인 (Rank F, Unique, Passvie)
—사막의 주인은 사막에서 일어나는 모든 일을 보고, 느낄 수 있습니다.
—사막에 발을 디딘 순간부터 시야가 200% 상승합니다.
—사막에서의 모든 감각이 200% 상승합니다.
—사막의 모든 존재가 당신을 주인으로 섬깁니다. (대상의 보유 에르그 에너지 양에 따라 차등 적용됩니다.)

"오……."
과연 히든 퀘스트.

저번 삶, 단 한 번도 얻어 보지 못했던 칭호를 획득했다.

칭호란 위대한 업적을 이룬 이들에게 부여되는 일종의 명예로서 아이템이나 스킬로는 얻을 수 없는 능력치를 올려준다.

물론 능력치를 올려주는 아이템이 존재하긴 하지만 유니크 그 위의 단계인 에픽에서나 볼 수 있는 옵션이다.

에픽이 아닌 다른 등급의 아이템 중에서도 능력치 상승효과가 붙어 있는 아이템이 있긴 하지만 그런 아이템들은 무슨 부위든 천문학적인 가격으로 거래되며 아이템계의 '로또'라 불리곤 한다.

그 때문에 수많은 각성자가 칭호를 얻기 위해 노력했지만 칭호를 얻은 자는 손에 꼽을 수 있을 정도로 적으며, 자신이 칭호를 얻었다는 사실을 알리지 않는 이들도 많았다.

칭호에 관한 정보는 거의 없다고 보아도 무방했기에 과거로 돌아온 신혁돈이라 한들 얻을 수 있는 방법이 없었다.

그런 와중에 하나를 얻게 된 것이다.

무려 모든 능력치 +10.

낮은 등급의 각성자들 사이에선 잘 느껴지지 않는 차이지만, 2차 각성 이후부터는 능력치를 올리는 방법이 거의 없다시피 하기 때문에 어마어마한 보상이었다.

배틀액스에 달려 있는 모래 폭포 스킬에 따라 배틀액스가 얼마나 쓸모 있느냐가 정해지겠지만 등급이 유니크인 만큼 엄청난 효용성을 자랑할 것이다.

게다가 사용 횟수 제한이 없는 것 하나만으로도 엄청난 메리트다.

문제는 이만한 크기의 배틀액스는 인간이 쓸 수 없다.

사막악어에게나 어울릴 법한 무기다.

실망할 필요는 없다. 사막의 주인 스킬까지 얻은 이상 사막에서 신혁돈은 무적에 가까워졌다.

모든 보상을 확인한 신혁돈이 워해머를 어깨에 걸친 뒤, 뒤로 돌았을 때, 사막악어들은 다시 한 번 환호성을 질러댔다.

협곡 안의 상황을 정리한 뒤 밖으로 올라와 그 모습을 지켜보고 있던 패러독스 길드원들은 온몸에 전율이 돋는 것을 느꼈다.

단순한 사냥의 결과물이 아닌, 한 종족의 미래를 위해 함께 싸웠다는 사실과 그것을 이루어낸 것이 자신들이라는 사실이 그들을 전율케 했다.

윤태수가 쩝 하고 입맛을 다시며 말했다.

"…묘하네."

"그러게요. 어떻게 보면 저것들도 사람을 잡아먹는 괴물인데, 그들과 힘을 합쳐 그들의 미래를 구원했다는 게… 참 묘해요."

그의 말에 이서윤이 팔짱을 끼며 답했다. 그녀의 말에 옆에서 있던 백종화 또한 고개를 끄덕였다.

지금까지 괴물이란 죽여야만 하는 대상이었다. 한데 그 가치관을 뒤엎을 만한 일이 벌어진 것이다.

"혁돈 형님이 테이밍 스킬로 저것들 전부 테이밍하면 좋겠습니다."

"불가능할걸."

윤태수는 어깨를 으쓱였다.

"아, 형님 오시네."

신혁돈이 길드원들을 향해 걸어오고 있었고 그의 뒤로 서른에 달하는 사막악어 우두머리가 따르고 있었다.

"…좀 무서운데?"

윤태수의 농담에 이서윤이 킥킥대며 웃었다. 그사이 백종화가 신혁돈에게 다가가 말했다.

"차원석을 찾았습니다. 그건 그렇고… 새로운 무기입니까?"

신혁돈은 고개를 끄덕이며 말을 받았다.

"바로 나가지."

그때 윤태수가 신혁돈의 곁으로 다가오며 말했다.

"사막악어들은 어떻게 하실 생각이십니까? 혹시 데려가실 생각 있으십니까?"

신혁돈은 고개를 저었고, 윤태수가 말을 이었다.

"지금 저희 패러독스에게 모자란 것은 인력입니다. 저 사막악어들 중 일부라도 데리고 나가서 전력으로 사용할 수 있다면 어마어마한 힘이 될 겁니다. 그리고 이미지 또한 심어줄 수 있을 겁니다. 몬스터를 테이밍해서 전력으로 만드는 길드, 그렇게 된다면 다른 길드들은 강력한 몬스터를 볼 때마다 '패러독스가 이 몬스터를 테이밍하면 어떻게 하지?' 하는 고민에 빠질 겁니다."

신혁돈은 대답 대신 윤태수를 바라보았다.

침묵이 이어지던 때, 자신들의 칸과 인간들이 대화를 나누는 것을 보고 있던 단카가 다가와 물었다.

"대화 중 죄송합니다. 한데 묻고 싶은 것이 있습니다."

"말해."

"혹시, 돌아가십니까?"

단카의 목소리가 떨리고 있었다.

오랜 세월 우두머리가 없이 살아왔던 그들을 하나로 모아준 구심점이자 그들의 오랜 숙원을 이루어준 예언의 실현자.

칸이 자신들을 떠날지도 모른다는 생각에 불안감이 들었고 그것이 목소리를 통해 나타난 것이다.

신혁돈이 대답이 없자 칸이 신혁돈의 앞에 한쪽 무릎을 꿇었다.

그와 동시에 모든 사막악어 우두머리들이 무릎을 꿇었고, 단카가 고개를 숙이며 말했다.

"칸이시어, 저희들을 이끌어주십시오."

그 순간.

[사막악어 단카를 복종시켰습니다.]

[테이밍이 가능합니다.]

[사막악어 키룽가를 복종시켰습니다.]

[테이밍이 가능합니다.]

…….

사막악어 우두머리들을 테이밍할 수 있다는 메시지가 신혁돈의 시야를 가득 메울 정도로 많이 떠올랐다.

신혁돈은 손을 휘저어 모든 메시지를 치워 버렸다.

그리고 신혁돈이 말을 하려는 순간.

홍서현이 다가오며 말했다.

"테이밍하면 안 돼."

신혁돈은 입을 열려던 것을 멈추고 홍서현을 바라보았다. 사막악어들은 여전히 고개를 숙인 채 귀를 기울였다.

"저 사막악어는 아저씨를 사막악어로 알고 있잖아. 데리고 나가는 순간 아저씨가 인간이라는 것을 깨닫겠지. 물론 테이밍 스킬 특유의 친화력으로 그 상황을 무마시킬 순 있겠지만 저들이 느끼는 배신감까지 무마시킬 순 없을 거야."

신혁돈이 고개를 끄덕이자 홍서현이 말을 이었다.

"그리고 저들의 목표는 사막에서 잘 먹고 잘사는 거잖아. 지금 아저씨는 자신의 목표를 위해 저들을 희생시키……."

신혁돈이 손을 들어 홍서현의 말을 끊었다.

"내가 데리고 간다 했나?"
"…뭐?"
"그럴 생각 없다."
홍서현에게서 시선을 땐 신혁돈은 사막의 주인 배틀액스를 단카의 앞에 꽂았다.
거대한 양날도끼가 자신의 눈 아래 꽂히자 단카의 고개가 들렸고 단카와 눈을 마주한 신혁돈이 입을 열었다.
"여왕이 죽었으니 너희는 다시 사막의 패자가 될 수 있을 것이다. 사막뿐만 아니라 더욱 넓은 땅을 바라볼 수도 있겠지."
신혁돈의 말에 단카는 그가 자신들을 떠난다는 것을 직감했다.
그리고 붙잡을 수 없다는 것도.
단카가 한 줄기 희망을 담아 물었다.
"칸께서는… 언제 돌아오십니까?"
신혁돈은 평소처럼 담담한 목소리로 답했다.
"너희가 나를 위해 일구어놓은 왕국이 완성되었을 때, 다시 돌아오겠다."
신혁돈의 말이 끝나는 순간, 단카의 눈이 반짝였다.
"일어서서 도끼를 쥐어라."
단카가 일어서 도끼를 쥐었고 신혁돈이 그의 가슴에 손을 얹은 뒤 에르그 에너지를 불어넣었다.

단카가 자신의 심장을 감싸는 에너지를 느낀 순간.

[테이밍에 성공하였습니다.]

"가라! 가서 나를 위한 왕국을 세우거라!"

신혁돈의 말에 단카는 고개를 끄덕였다.

그리곤 배틀액스를 든 채, 뒤로 돌아 외쳤다.

"칸! 데카나르 바히카!"

그제야 우두머리들이 모두 일어나 소리치기 시작했고 신혁돈은 그들을 바라보다 뒤로 돌아 패러독스 인원들을 바라보며 말했다.

"이제 우리의 세계로 돌아가자."

*　　　*　　　*

1년 전만 하더라도 괴수니, 차원문이니 아이템이니 하는 것은 게임 혹은 영화에서나 등장하는 말이었다.

하지만 지금은 다르다.

뉴스에서는 매일같이 차원문과 괴수에 대해서 다루고 각성자들이 아닌 일반인들 또한 관심 있게 뉴스를 본다.

물론 괴물에 관심이 있어서가 아니다.

자신의 집 근처에 차원이 생겨나면 땅값이 떨어지고 교통편이 불편해지는, 지극히 생활주의적인 이유 때문이다.

차원문에 관해서만 방송하는 채널이 따로 있을 정도로 모든 사람의 이목이 집중되어 있다.

게임이나 SF 영화는 별 관심 없는 여대생 오희현 또한 그렇다.

차원문이 어떻게 생겼는지, 어떠한 방식으로 생겨나는지는 대충 알고 있고 그런 현상을 보게 된다면 당장 도망쳐야 한다는 것 정도는 알고 있다.

"어휴……."

중간고사가 코앞인데도 술을 먹자는 동기들을 뿌리치고 도서관으로 향하던 오희현은 고개를 휘휘 저었다.

주변 사람들을 보고 있자면 술 마시고 놀기 위해 대학에 온 것 같다.

"편입할까……."

좀 더 좋은 대학은 다르지 않을까?

하는 일상적은 고민을 하던 그녀의 눈앞에 아지랑이가 피어올랐다.

춘삼월이 지나고 오월에 가까워지고 있는 쌀쌀한 날씨에 아지랑이라니.

오희현은 걸음을 멈추고 눈을 비볐다.

그 순간 날카로운 검으로 허공을 자른 듯, 아무것도 없는 빈 공간이 갈라지며 틈이 생겨났다.

"…아?"

동영상을 통해 본 적 있다.

차원문이 생겨나는 과정.

도망쳐야 한다.

생각이 끝나기도 전. 누군가 틈을 쥐고 벌린 듯 쫙 갈라지며 새하얀 액체가 흘러나오기 시작했다.

새하얀 액체를 타원형 유리에 펴 바르는 듯 액체는 점점 아무것도 없는 공간을 잡아먹기 시작했고 곧 새하얀 차원문이 생겨났다.

"…화이트 홀."

요새 뉴스에서 시끄럽게 떠들고 있는 것.

누군가는 헛소리라, 누군가는 지구의 종말이 다가온다며 외치고 다니던 그것이 오희현의 눈앞에서 생겨나고 있었다.

"꺄, 꺄아아악!"

오희현은 재빨리 뒤돌아 도망치기 시작했다.

그러면서도 비명을 지르는 것을 잊지 않았고, 그녀의 주변에 있던 이들도 하나둘씩 화이트 홀을 발견하기 시작했다.

이곳뿐만이 아니다.

전 세계의 곳곳에서도 화이트 홀이 생겨나고 있었다.

*　　　*　　　*

더 가드 길드 마스터의 사무실.

조훈현은 모니터 앞에 앉아 턱을 긁고 있었다.

"가발이라……."

나쁘지 않은 선택 같다.

가발 회사에 사진을 보내면 이런저런 스타일의 머리를 합성해서 다시 보내준다.

자신의 얼굴에 여러 머리 스타일을 합성시킨 사진을 보고 있던 조훈현이 몇 가닥 남지 않은 머리카락을 더듬어보았다.

안 그래도 듬성듬성했던 머리카락이 빠지는 것으로 스트레스를 받기보다는, 가발로 이미지의 변화를 줘보자.

결심한 조훈현이 요새 유행한다는 쉼표 머리를 구매한 순간.

뒤통수가 따끔했다.

마치 머리에 난 여드름을 잘못 긁은 듯한 기분 나쁜 통증.

조훈현은 손을 옮겨 뒤통수를 만져보았으나 아무런 상처도 없었다.

"…뭐지?"

그 순간.

조훈현의 에르그 에너지가 제멋대로 움직여 뇌로 향했다.

"뭐야?"

이런 일을 단 한 번도 겪어보지 못한 조훈현이 에르그 에너지를 통제하려 했지만 에르그 에너지는 자의를 갖기라도 한 듯 조훈현의 뇌를 차지해버렸다.

그리고 사방으로 퍼져나가기 시작했다.

"으어어……."

마치 머릿속에 지도가 펼쳐진 듯, 수많은 정보가 조훈현의 머릿속으로 들어오기 시작했고 곧, 조훈현이 말했다.

"동쪽? 아냐… 동북쪽… 300m… 아니, 3㎞? 뭐지. 뭐가 있는데… 아! 화이트 홀이다!"

알 수 없는 정보의 흐름이 무엇을 의미하는 지 깨달은 조훈현이 벌떡 일어서서 소리친 순간.

길드 사무실의 문이 부서질 듯 열리며 간수호가 뛰어들며 소리쳤다.

"화이트 홀이 나타났습니다!"

"동북쪽 6㎞! 전부 출동시켜!"

조훈현이 나차같은 얼굴로 자신을 향해 달려오자 간수호가 당황하며 되물었다.

"예?"

"모든 공격대 건물 내 대기 중이지?"

"예."

"출동시키라고!"

"아… 알겠습니다!"

*　　　*　　　*

조훈현이 승합차에 오름과 동시에 차량이 출발했고 그의 앞에 앉아 있던 간수호가 태블릿 PC를 들고선 보고를 시작했다.

"서울 강북구, 인천 남구, 일산 동구, 시흥 물왕 저수지 수도권 내 파악된 화이트 홀의 위치입니다. 생성 시기는 3분 전. 화이트 홀의 크기는 전부 다르며 괴물의 모습은 아직 보이지 않습니다."

"들어간 사람은?"

"없습니다. 일단 경찰과 군에서 통제하고 있고 주변의 각성자들과 길드들에서 합류하고 있다고 합니다. 더 가드는 강북구… 그러니까 동북쪽 6㎞에 나타난 화이트 홀을 맡는다 했습니다."

"잘했다."

보고를 마친 간수호가 태블릿 PC를 내려놓으며 말했다.

"화이트 홀이 나타났다는 것은… 패러독스가 오렌지 홀 A 등급을 클리어했다는 뜻이겠죠?"

"그렇지."

"대단하네… 그것보다 그 인원으로 한 달 조금 넘게 걸렸으니 얼마나 어려운지 짐작도 안 갑니다."

간수호가 텐구와 마이더스가 습격하던 때를 떠올리며 고개를 휘휘 저었다.

그때 그들이 보여준 무위는 자신이 상상하던 각성자의 범주를 한참 뛰어넘었다. 특히 신혁돈은 얼마나 강할지 짐작조차 되지 않을 정도였다.

"지금 중요한 건 화이트 홀이야. 공격대 상황은?"

"1, 2 공격대 전부 이동 중입니다."

"그래. 도착하자마자 스크럽 짜고……."

조훈현은 오랜만에 길드 마스터다운 모습을 보이며 작전을 지시했고 간수호는 작전 내용을 태블릿 PC에 받아 적으며 고개를 끄덕였다.

곧 승합차가 화이트 홀에 도착했다.

"골목이라……."

좋지 않은 지형이다.

5m 정도의 골목의 정중앙에서 새하얀 화이트 홀이 출렁거리고 있었다.

화이트 홀의 크기는 가로로 3m, 세로로 4m 정도 되었다.

"더럽게 크네……."

얼마나 큰 괴물이 나오려고 저렇게 큰 것인지 상상하던 조훈현은 고개를 휘휘 젓고선 경찰들이 모여 있는 곳으로 다가가 물었다.

"상황은 어떻습니까?"

화이트 홀이 나타났다는 신고를 받자마자 도착한 경찰 간부 하나가 조훈현에게 대답했다.

"주변 민간인 전부 대피시켰고 출입 통제까지 완료한 상황입니다."

조훈현은 고개를 끄덕인 뒤 속속들이 도착하고 있는 더 가드 공격대원들을 배치하기 시작했다.

마음 같아서는 화이트 홀 안으로 들어가 전투를 벌이고 싶었지만 어떤 괴물이 있을지, 어떤 지형 상황일지 전혀 예측할 수 없기 때문에 그럴 수 없었다.

"일단 대기."

거의 백에 달하는 더 가드의 공격대원들이 골목길과 주변 건물에 배치되었다.

타다다다다!

그들의 머리 위로는 방송국의 헬기가 떠서 모든 것을 생중계 하고 있었다.

"저거 굉장히 거슬리는데 꺼지라 하면 안 됩니까?"

계속되는 헬기 소리에 짜증이 난 간수호가 하늘을 올려보며 말했다. 그의 말을 들은 조훈현이 고개를 들어 헬기를 올려본 순간.

찌릿!

바늘로 뒤통수를 찌르는 듯한 통증과 함께 그의 에르그 에너지가 미쳐 날뛰기 시작했다.

조훈현은 본능적으로 깨달았다.

"온다! 공격 준비!"

그의 말에 모든 공격대원들이 무기를 고쳐 쥐었다.

그 순간.

화이트 홀의 표면이 금방이라도 무언가가 튀어나올 듯 출렁거리기 시작했다.

그리고.

"쿠르르!"

이족 보행을 하며 소의 머리, 그리고 인간의 몸을 가진 듯한 모양새 덕에 일명 미노타우로스라 불리는 괴물이 차원문을 비집고 거대한 신체를 드러냈다.

"…공격!"

거대한 미노타우로스의 모습에 잠깐 당황했던 조훈현이 뒤늦게 공격 신호를 보냈고 그 순간.

미노타우로스를 향한 공격이 시작되었다.

콰콰쾅!

화르륵!

쿠웅!

화살과 불덩이, 얼음덩어리와 에르그 에너지 덩어리 등이 차원문을 벗어난 미노타우로스를 공격했고, 미노타우로스는 진을 치고 있는 밀리 계열 능력자들에게까지 닿지도 못하고 차가운 바닥에 몸을 뉘였다.

이대로 끝일 리 없다.

"안심하지 마라!"

조훈현의 외침에 '너무 쉬운데?' 하고 생각하며 마음을 내려놓던 이들이 다시 한 번 무기를 세게 쥐었다.

"이제 시작이야!"

그의 말이 현실이 되듯 화이트 홀이 진동하며 수많은 미노타우로스들을 쏟아냈고, 본격적인 전투가 시작되었다.

* * *

차원석을 부순 패러독스 길드원들이 차원문을 통과한 순간.

[두 번째 각성이 이루어졌습니다.]

[최초의 두 번째 각성자입니다. 추가 보상이 주어집니다.]

"맙소사……."

윤태수는 자신의 눈앞에 떠오른 메시지를 보며 눈을 끔뻑였다.

다른 패러독스 인원들도 마찬가지였다.

모두 메시지 창을 바라보며 믿기지 않는다는 눈을 하고 있었다.

2차 각성을 했다는 메시지를 넘기자 2차 각성으로 변한 것들을 알려주는 창이 떠올랐다.

능력치의 한계가 100에서 50% 증가하여 150이 되었으며 스킬의 각성 또한 가능하게 되었다.

물론 일행 중 1차 각성 능력치의 한계인 100을 달성한 이는 신혁돈밖에 없었지만 한계가 확장되었다는 것 하나만으로도 충분한 의미를 가지고 있었다.

2차 각성을 하지 못한 다른 각성자들과 성장 기대치 자체가 달라져 버린 것이다.

특히 A랭크에 머물러 있던 스킬들은 곧바로 스킬 각성이 이루어지며 스킬의 이름 앞에 각성이라는 단어가 붙었다.

모두가 메시지를 살피는 사이.

유일하게 메시지 창을 보고 있지 않던 사람, 신혁돈이 말했다.

"화이트 홀이 열렸군."

신혁돈의 시선이 오렌지 홀 바깥의 하늘로 향했다.

멍하니 메시지를 보고 있던 윤태수가 신혁돈의 말을 듣고선 말했다.

"어떻게 아십니까?"

"에르그 에너지의 흐름."

윤태수는 신혁돈의 시선을 따라 하늘을 바라보았다. 하지만 에르그 에너지의 흐름이 무엇인지 감조차 오지 않았다.

"무슨 흐름이 느껴진다는……."

되물으려던 순간.

윤태수에게도 느껴졌다.

지구상에서는 느껴지지 않고, 차원문 안에서나 느껴지던 에르그 에너지의 흐름이 명확히 느껴지고 있었다.

"…허?"

"…근처에 차원석이라도 있는 것 같은데."

2차 각성 내용을 모두 살핀 백종화 또한 대화에 참여했다. 그러자 신혁돈이 턱짓으로 건물 하나를 가리켰다.

"탐지해 봐."

백종화가 고개를 끄덕이곤 눈을 감자 윤태수가 말했다.

"지구가, 지구가 아닌 것 같습니다."

전보다 훨씬 많은 에르그 에너지가 대기와 함께 흐르고 있었다. 들어가기 전과 똑같은 풍경이었으나 무언가 다르다.

마치 대기 중에 산소 대신 다른 것들을 뿌려놓고 그것을 마시는 이질적인 느낌이 들었다.

윤태수가 주변을 살피는 사이 백종화가 눈을 뜨며 말했다.

"차원문이 연못이라면 폭포… 같은 느낌을 내는 곳이 있습니다. 거기가 화이트 홀이 있는 곳입니까?"

"맞아."

신혁돈은 아직도 메시지 창을 바라보고 있는 이들에게 말했다.

"너희 상태창 안 도망간다."

신혁돈의 말에 다른 이들 또한 메시지 창을 끄고선 신혁돈을 바라보았다.

"도시락."

신혁돈의 부름에 도시락이 몸집을 키웠고 모든 길드원이 도시락의 위로 올라탔고 곧, 백종화의 안내에 따라 날개를 펼치곤 하늘로 솟구쳐 올랐다.

한 달간의 사막 생활로 거적때기와 비슷한 옷을 걸치고 있는 이들의 뒤로 모래 먼지가 흩날렸다.

맨 뒷자리에 타고 있던 고준영은 익숙하게 거적을 끌어 올려 코와 입을 가린 뒤 차분히 전투를 준비했다.

*　　　　*　　　　*

인천 서구의 넓은 공원의 한가운데 새하얀 차원문이 빛을 발하고 있었다.

콰콰쾅!

"물러서지 마라!"

"우리가 물러서면 뒤는 없다!"

"지원은?"

"하인드에서 지원을 보내주기로 했습니다!"

화이트 홀에서 튀어나온 것으로 보이는 괴물들과 일련의 사람들이 전투를 벌이고 있었다.

괴물은 사마귀와 개미를 섞어놓은 듯한 기괴한 모습을 하고 있었고, 크기는 1m가 조금 안 되는 크기였다.

문제는 수.

화이트 홀에서 갈색 몸통을 한 벌레들이 끊임없이 밀려 나오고 있었다.

모든 각성자들이 달라붙어 정리하고 있었으나 정리하는 양보다 차원문에서 밀려 나오는 양이 더욱 많았다.

"키에에에!"

갑자기 터져 나온 기성에 모두의 시선이 화이트 홀로 향했다.

지금까지 나오던 벌레들과는 비교도 되지 않을 정도로 큰, 높이만 4m에 달할 것 같은 벌레가 차원문을 찢고 뛰쳐나왔다.

모두의 눈에 절망이 깃든 순간.

후우우웅!

콰앙!

무언가가 하늘에서 뛰어내리며 벌레의 머리를 후려쳤다.

단 한 방!

벌레의 머리가 터져나가며 쓰러졌고 거대한 몸 아래로 십수 마리의 괴물들이 깔려 터져나갔다.

그리고 그 위로 거대한 워해머를 든 채, 검은 갑옷을 입은 사내가 서 있었다.

그가 시체를 밟고 선 순간 그들의 머리 위로 거대한 그림자가 드리웠다.

모두의 시선이 하늘로 향했고, 시선의 끝에 거대한 새가 걸렸다.

"…맙소사."

화이트 홀에서 저런 괴물까지 나온단 말인가?

모두가 당황한 순간. 거적때기를 걸친 사람들이 거대한 새의 등에서 뛰어 내렸다.

'저 높이에서?'

건물 3층은 될 법한 높이에서 뛰어내리면 각성자라도 다칠 수 있다.

하나 모든 걱정은 허사라는 듯, 바닥의 콘크리트가 마치 손처럼 솟구쳐 오르며 열 명의 인원을 하나하나 받아주었다.

"…저게 뭐야."

거인의 손을 타고 내려온 이들은 바로 무기를 뽑아든 채 벌레들을 정리하기 시작했다.

"뭉쳐라!"

백종화의 말 한마디에 바닥을 기던 벌레들이 중력을 무시한 채 허공으로 떠올라 한군데로 뭉쳤다.

"뚫어라!"

그리고 안지혜의 목소리가 터진 순간.

콘크리트가 창처럼 솟아올라 벌레 뭉치를 꿰뚫었다.

어느새 크기를 줄인 도시락은 하늘과 땅을 오가며 불을 뿜고 벌레들을 찢어발겼다.

개중 가장 눈에 띄는 이는 빛의 날개를 편 채 검을 휘두르는 사내였다.

그가 손을 뻗으며 붉은 구슬을 던질 때마다 폭발이 일었고 폭발에서 살아남은 벌레는 검을 휘둘러 죽였다.

순식간에 전세가 역전되었다.

벌레들의 시체가 산처럼 쌓이며 화이트 홀에서 나오는 벌레의 수보다 제거하는 속도가 빨라졌다.

모두의 얼굴에 희망이 서려갈 때쯤 검은 갑옷에 흉측한 투구를 쓴 사내가 말했다.

"태수, 따라와라."

투구라 생각했던 것의 입부분이 움직이며 기괴한 목소리가 흘러나왔고 그의 말을 들은 빛의 날개를 가진 사내가 고개를 끄덕였다.

두 사람은 앞길을 막는 모든 벌레들을 일격에 격살하며 화이트 홀의 안으로 들어갔다.

"맙소사……."

그 광경을 카메라로 찍고 있던 방송국의 카메라맨이 입을 떡 벌렸다.

백 명이 넘는 인원이 모여 쩔쩔매고 있던 것을 단 열한 명의 인원이 쓸어버리는 것도 모자라 누구도 들어갈 생각조차 하지 못했던 화이트 홀로 뛰어들어갔다.

"저거… 뭔데?"

누구도 그의 질문에 대답하는 사람은 없었다.

* * *

화이트 홀에 들어선 신혁돈과 윤태수를 맞이한 것은 넓은 공동이었다.

넓은 동공의 정 가운데에는 새하얗게 빛나는 차원석이 있었고 그 옆으로 펼쳐진 수많은 갈림길에서 괴물들이 달려 나오고 있었다.

"뚫어."

"넵."

윤태수가 아차람의 구슬을 뿌려 길을 뚫자 신혁돈이 차원석을 향해 달려들었다. 순식간에 차원석에 도착한 신혁돈은 워해머를 높게 들었다가 내려쳤다.

쩡!

단 한 방에 차원석 전체에 실금이 퍼져나갔다.

쾅!

두 번째 공격에 차원석이 파괴되며 새하얀 에르그 코어가 떠올랐다.

손을 뻗어 에르그 코어를 흡수한 신혁돈이 자신이 들어온 차원문을 가리키며 외쳤다.

"나가."

윤태수는 고개를 끄덕인 뒤 바로 차원문으로 몸을 던졌고 신혁돈 또한 그의 뒤를 따라 차원문에서 벗어났다.

속전속결!

두 사람이 화이트 홀에 들어선 지 채 3분도 되지 않아 차원석을 부수고 나온 순간.

"클리어!"

고준영이 마지막 벌레의 머리에 검을 박아 넣으며 외쳤다.

"끝인가?"

고준영의 말에 패러독스의 길드원들이 주변을 살폈다.

주변에 있는 모든 벌레들은 시체일 뿐, 살아 움직이는 벌레가 없는 것을 확인한 백종화가 다시 한 번 소리쳤다.

"클리어!"

"고생하셨습니다."

"무슨 차원문 나오자마자 전투야? 으어… 힘들다."

신혁돈이 화이트 홀에서 나오기 무섭게 화이트 홀이 붕괴되고 있었다. 모든 것을 뱉어내던 화이트 홀은 점점 색을 잃으며 검은색으로 변했고, 곧 블랙홀과도 같이 스스로 붕괴되며 작아지다가 하나의 점으로 사라졌다.

일행이 투덜대는 사이 현장의 책임자로 보이는 사내가 신혁돈에게로 다가왔다.

거적때기를 두른 이들 가운데 홀로 검은 갑옷을 입고, 뿔이 난 투구까지 쓰고 있으니 신혁돈이 우두머리로 보이는 것은 당연했다.

흑사자단이라는 중소 길드의 길드 마스터이자 인천 서구의 안전을 맡고 있는 사내, 안현은 신혁돈이 가까워질수록 자신의 눈을 의심했다.

뿔이 달린 투구라 생각했던 것의 입이 움직이고 있었다.

마치 벌레의 그것과도 같은 붉은 눈이 여섯 개가 달려 있었고, 그 아래 벌레와 같은 입이 벌어져 숨을 쉬고 있었다.

'…신기한 투구군.'

애써 자기합리화를 한 안현이 신혁돈에게로 다가가 악수를 건네며 말했다.

"흑사자단의 마스터 안현입니다. 도와주셔서 감사합니다. 더 가드에서 나오신 분들입니까?"

신혁돈은 대답 대신 턱짓으로 안현의 뒤편을 가리킨 뒤 물었다.

"핸드폰 있습니까? 좀 빌립시다."

안현은 고개를 끄덕이며 핸드폰을 꺼내 건넸다. 신혁돈이 핸드폰을 받는 것을 본 안현은 뒤를 돌아보았다.

화이트 홀 주변을 통제하기 위해 세워둔 바리케이드 밖으로 속속들이 도착하는 차량들을 발견할 수 있었다.

차에는 더 가드를 상징하는 방패 문양이 새겨져 있었다.

'더 가드네? 그럼 이 사람은……?'

안현이 다시 고개를 돌렸을 때, 신혁돈은 어느새 멀어져 일행들에게 말을 하고 있었다.

"돌아간다."

당황한 안현이 신혁돈에게로 달려갔지만, 그들은 어느새 다시 나타난 거대한 새의 등에 올라타고 있었다.

"내 핸드폰!"

안현이 손을 뻗었지만 그들은 모래 먼지를 휘날리며 어디론가 떠나버렸다.

신혁돈이 서 있던 곳을 향해 손을 뻗은 채 망부석처럼 서 있던 안현의 뒤로 더 가드의 지원병력이 다가왔다.

"더 가드, 백연희예요. 여긴… 패러독스가 정리했나 보군요."

백연희는 멀어지는 패러독스 길드원들을 보며 혀를 찼다. 그녀의 말을 듣고 있던 안현이 화들짝 놀라며 되물었다.

"패러독스 말입니까?"

"예, 그들이 화이트 홀까지 정리하고 갔나요?"

"네."

백연희는 괴물의 사체들을 쓱 살핀 뒤 물었다.

"에르그 코어까지 전부요?"

안현은 그제야 괴물들의 위에 떠 있던 모든 에르그 코어가 사라진 것을 눈치챘다.

"…허, 도대체 언제?"

"저야 모르죠. 싸우면서 챙겼나 보네요."

백연희는 벌레의 사체 하나를 발로 뒤집으며 말을 이었다.

"이 양반들은 나왔으면 나왔다고 연락이나 하지, 또 어디로 사라진 거람……."

그녀를 바라보고 있던 안현이 물었다.

"방금 그들이 패러독스입니까?"

"저 새가 그 사람들 마스코트예요. 이제는 새보다는 익룡이나 뭐, 그런 거라 불러야 할 것 같긴 한데……."

백연희는 신혁돈이 육눈수리를 테이밍하던 그때를 기억한다.

"이름이 도시락이었나……."

그런 새가 어느새 저렇게 자라나서 사람을 태우고 다닌다니.

"도시락… 말입니까? 저 새가?"

"예. 뭐, 간 사람들은 간 사람이고, 정리부터 하죠. 이곳에 나타났던 차원문의 크기와 괴물에 특정에 대해 말씀해 주실 수 있나요?"

안현은 그제야 정신을 차리고선 자신이 해야 할 일을 하기 시작했다.

*　　　　*　　　　*

도시락은 두 쌍의 날개를 힘차게 펄럭이며 하늘을 날았다.

사막에 있을 때도 이런 식으로 자주 이동했기에 어느 정도 안정된 모습이었다.

한데 좀 이상했다.

신혁돈 단 한 명이 추가되었을 뿐인데 심각할 정도로 몸이 무거워졌다. 원래 같았다면 한두 번의 날갯짓으로 이동할 거리를 거의 대여섯 번은 날개를 퍼덕여야 날아갈 수 있었다.

그런 도시락의 고충을 눈치챘는지 신혁돈이 도시락의 깃털을 쓰다듬으며 말했다.

"이번 일이 끝나면 네가 파묻혀 죽을 만큼 사료를 사주마."

"까아아악!"

신혁돈의 말에 힘이 났는지 도시락이 힘차게 날갯짓을 시작했다.

헛웃음을 흘린 윤태수가 말했다.

"생긴 건 공룡보다 무섭게 생긴 놈이 무슨 사료를 좋아한답니까."

"하는 짓은 개 같잖아."

"하긴……."

새치곤 애교가 많다. 이미 새라고 보긴 힘들 정도로 크긴 했지만.

사막에 있던 한 달간 제대로 씻은 적이 없어 떡이 질대로

진 머리를 긁적이던 윤태수는 갑자기 생각이 났는지 신혁돈을 바라보며 물었다.

“아 맞다, 그런데 화이트 홀은 보스가 없습니까?”

“등급이 낮아서 그래.”

신혁돈의 말에 일행이 고개를 끄덕였다.

“어쩐지 쉽더라니.”

안현이 들었다면 기겁할 만한 대화를 나눈 윤태수는 도시락의 깃털에 몸을 묻으며 물었다.

“근데 저희 어디 갑니까? 드디어 쉬러 가는 겁니까?”

신혁돈은 대답 대신 쓰레기를 보는 듯한 눈으로 윤태수를 바라보았다.

윤태수와 같은 심정으로 한껏 기대감을 품고 신혁돈을 바라보았던 이들이 윤태수를 외면하며 고개를 돌릴 때, 윤태수가 물었다.

“…왜 그런 눈으로 보십니까?”

“네가 쉬는 게 먼저인가?”

사막에서 한 달이 넘게 구르며 씻지도, 제대로 먹지도, 잠조차 제대로 자지 못했다.

그런 고생을 하고 돌아와서 쉬는 것보다 먼저 해야 할 일이 있단 말인가?

윤태수가 심각한 고민에 잠긴 사이, 깃털에 파묻혀 누워 있던 홍서현이 말했다.

"화이트 홀을 정리해야죠. 하나라도 놓치면 일반인들이 수도 없이 죽을 텐데."

"아, 그랬지……."

신혁돈은 혀를 찼고 윤태수는 어색한 웃음을 흘렸다.

화이트 홀이 나타났다는 것보다 드디어 지구로 돌아왔다는 기쁨이 더욱 커서 깜빡 잊고 있던 것이다.

뻘쭘해진 윤태수는 말을 돌렸다.

"그건 그렇고 화이트 홀에서 나오는 몬스터들이 주는 에르그 코어 양이 정말 엄청난 것 같지 않습니까? 능력치는 오렌지 홀 C~D등급 같은데 에르그 코어 양은 거의 두 배에 가깝습니다."

그런 윤태수의 바람이 무색하게도 아무도 대답하지 않았다.

"…그래, 내가 쓰레기지."

윤태수는 자조 섞인 말을 뱉으며 도시락의 날개 아래를 내려다보았다. 그때 신혁돈이 말했다.

"더 가드에 전화해서 도착했다 전하고, 화이트 홀 위치 공유해 달라 해."

차원문에 들어가 있는 동안 휴대폰 배터리가 버티질 못하기 때문에 핸드폰을 가져가지 않는 게 보통이다.

윤태수는 어깨를 으쓱이며 대답했다.

"핸드폰이 없……."

말이 끝나기도 전에 신혁돈이 핸드폰을 던져주었다.

"…이건 어디서?"

"오다 주웠다."

화면을 터치해 보니 처음 보는 여자아이가 해맑게 웃고 있었다.

"…숨겨둔 딸입니까?"

"주웠다니까."

윤태수는 신혁돈을 힐끗 바라보고서는 말했다.

"…누구 건지는 모르겠지만 잘 쓰겠습니다."

*　　　*　　　*

2차 각성이 지닌 의미는 2가지다.

넓게 보면 스킬과 능력치의 한계 해제다.

한계에 해제라는 것은 스킬의 랭크만을 의미하는 것이 아니다.

메인 스킬, 즉 각성을 하며 얻은 스킬의 한계 해제를 뜻하는 데 신혁돈의 경우에는 포식 스킬에 걸려 있던 랭크 제한이 풀렸다.

이번 한 달간의 사막 생활을 하며 수많은 사막악어와 세뿔가시벌레, 그리고 여왕의 에르그 기관까지 섭취한 신혁돈의 포식 스킬의 랭크는 A등급까지 올라 있었고 랭크 제한이 풀리며 포식 스킬의 이름 앞에 '각성'이라는 두 글자가 붙었다.

외관상 변한 것은 두 글자뿐이었으나 효과는 완전히 달라졌다.

각성 포식 [Rank F, Unique, Active]

—괴물을 섭취해 체내에 쌓인 지방을 태워 에르그 에너지로 만든다.

—괴물을 섭취함으로써 괴물이 가진 능력을 흡수할 수 있다.

—괴물의 숨겨진 능력과 본능을 흡수할 수 있다.

—육체를 갖지 않은 괴물의 능력 또한 흡수가 가능하다.

—'영혼 포식'이 가능해집니다.

—'영혼 포식'

대상의 기억과 습관, 언어 체계까지 습득할 수 있다.

메인 스킬이 각성하며 랭크가 F로 초기화되었으며 영혼 포식이라는 스킬이 생겼다.

'기억이라…….'

고등급 차원문을 갈수록 높은 지능을 가진 괴물들이 나타난다. 그들의 능력뿐만 아니라 기억과 언어 체계까지 흡수할 수 있다면?

더욱 효율적인 사냥을 할 수 있을 것이었다.

'어쩌면 인간까지도…….'

신혁돈은 고개를 휘휘 저었다.

아무리 급박한 상황이라도 인간의 심장을 꺼내 에르그 기관을 먹진 않을 것이다.

'절대…….'

다시 한 번 다짐한 신혁돈이 고개를 끄덕이고 있을 때, 신혁돈이 이토록 빠르게 움직이는 이유가 궁금해진 윤태수가 물었다.

"왜 이렇게 빠르게 움직이십니까?"

신혁돈은 윤태수를 바라본 뒤 다른 이들에게 시선을 돌렸다.

그러자 다른 이들의 시선 또한 신혁돈에게 집중되었고, 그제야 신혁돈이 입을 열었다.

"너희도 느꼈겠지만 화이트 홀이 열리면서 지구에도 에르그 에너지가 돌기 시작했다."

윤태수를 비롯한 이들이 고개를 끄덕였다.

화이트 홀이 열리기 전, 지구는 에르그 에너지의 황무지라 해도 틀린 말이 아닐 정도로 에르그 에너지가 모자랐다.

한데 화이트 홀이 열린 뒤부터 대기 중에서 에르그 에너지가 느껴질 정도로 많은 에르그 에너지가 유입되고 있다.

"이유는 간단하다. 괴물들이 움직이기 편한 환경을 만들어 주는 거지."

괴물들에게 에르그 에너지는 공기 중 산소와 같다.

없다면 숨을 쉴 수 없고 숨을 쉴 수 없다면 제대로 된 힘을 내긴커녕 얼마 버티지 못하고 죽고 만다.

그렇기에 화이트 홀이 열림과 동시에 엄청난 양의 에르그 에너지가 지구로 유입되기 시작한 것이다.

"그거랑 첫날 이렇게 열심히 뛰시는 이유가 무슨 연관이 있는지 모르겠습니다."

"첫날 나타나는 괴물들은 힘에 비해 많은 양의 에르그 에너지를 지니고 있다. 우리가 에르그 코어를 통해 흡수하는 양은 괴물의 사체가 지닌 에르그 에너지양의 절반 정도밖에 되지 않지. 나머지 50%는 어디로 갈 것 같나?"

"…설마 대기 중으로 흩어진단 말씀이십니까?"

"그렇지. 전부 포석이다. 더 강하고, 큰 괴물들이 지구에서 마음껏 활개 칠 수 있도록 공기를 공급해 두는 거지."

윤태수는 팔에 소름이 돋는 것을 느꼈다.

"…그게 전부 마신이라는 자의 계획인 겁니까?"

"그거까진 모른다. 한 가지 확실한 것은 초반에 화이트 홀을 넘어오는 괴물들을 처치하고 에르그 코어를 얻는 게 일반적으로 사냥하는 것보다 두어 배의 효율을 얻을 수 있다는 거다."

그제야 일행들의 고개가 끄덕여졌다.

"세상에… 그런데 그런 정보는 어떻게 아시는 겁니까?"

"눈치."

신혁돈의 대답에 홍서현이 쏘아붙였다.

"거짓말."

신혁돈은 어깨를 으쓱인 뒤 백종화에게 물었다.

"이 근천가?"

"예, 2㎞ 정도 남았습니다."

고개를 끄덕인 신혁돈이 팔짱을 낀 채 등을 기댔다.

신혁돈이 화이트 홀에서 나오는 모든 몬스터를 독점하려는 이유는 에르그 코어를 얻기 위한 것뿐만은 아니다.

각성자가 에르그 코어를 흡수해서 에르그 에너지의 총량을 올리면 일명 '스탯'이라 불리는 능력치가 상승한다.

에르그 코어를 통해 올릴 수 있는 신체 능력치의 한계는 100.

그리고 2차 각성을 하게 되면 100을 넘어 150까지의 성장이 가능해진다.

100까지는 에르그 코어만을 이용해서 올릴 수 있으며 에르그 코어를 많이 흡수할수록 빠르게 성장이 가능하다.

그리고 101이 되는 순간, 능력치 하나를 마스터했다고 말하며, 마스터한 능력치는 지금까지와는 다른 어마어마한 힘을 발휘한다.

그것이 진정한 2차 각성의 힘이자 효과였다.

신혁돈은 수많은 에르그 코어를 독식하며 신체에 관련된 능력치들을 거의 100에 가깝게 맞춰두었다.

거기에 생각지도 못했던 사막의 주인 칭호가 더해지면서 한 번에 101을 훌쩍 넘겼고 신혁돈은 넘치는 힘을 주체하지 못할 정도가 되었다.

하지만 패러독스의 길드원 중 밀리 계열들을 보면 가장 중요하게 생각하는 힘과 민첩, 그리고 체력을 합쳐 300은커녕 210도 되지 않는 이들이 부지기수.

그런 이들을 빠르게 성장시켜 진정한 의미의 2차 각성을 시켜주기 위한 디딤돌이 바로 화이트 홀인 것이다.

물론 210이라는 능력치 또한 현재의 기준에서 보면 엄청난 것이다.

일반적인 성인 남성이 각성을 할 당시의 능력치의 평균치가 30 정도임을 감안했을 때 산술적 수치로만 따져서 3배가 넘는 힘을 발휘한다는 뜻이 되기 때문이다.

문제는 신혁돈의 눈에 차지 않는다는 것이지만.

그런 신혁돈의 생각을 아는지 모르는지 패러독스 인원들은 지친 얼굴로 도시락의 깃털에 몸을 맡긴 채 눈을 감고 있었다.

*　　　*　　　*

"저기 보입니다."

도심이 아닌, 산중턱이 환하게 빛나고 있었다.

"저기가… 안성 서운산입니다. 세상에, 벌써 안성까지 왔어?"

더 가드로부터 받은 정보를 확인한 윤태수가 열심히 날갯짓을 하고 있는 도시락의 뒤통수를 바라보았다.

인천 서구에서 출발한 지 30분 조금 넘게 걸렸는데 벌써 안성이라니.

이 정도면 KTX보다 빠르다.

윤태수가 놀라고 있는 사이 다른 일행들은 산등성이를 내려다보았다.

거대한 화이트 홀과 그 주변을 비추고 있는 조명, 그리고 이리저리 날아다니는 불덩이들과 공격 마법들이 그곳이 격전지임을 알려주고 있었다.

"어글리 베어인가."

주름이 가 있는 검은 피부, 그리고 털 하나 없는 몸뚱이의 거대한 곰, 어글리 베어가 화이트 홀에서 기어 나오고 있었다.

"까악!"

신혁돈의 명령에 도시락이 길게 울며 격전지를 향해 쏘아졌다.

격전지의 위에 도착한 신혁돈은 바로 몬스터 폼을 발동시키며 괴물의 머리 위로 낙하했다.

순식간에 괴물의 머리 위에 도착한 신혁돈은 워해머로 괴물의 머리를 내리찍었다.

쾅!

그 어떤 등장보다 임팩트 있는 등장에 전투를 벌이고 있던 이들의 시선이 신혁돈에게로 집중되었다.

"지원……?"

공수부대원들이 낙하산을 메고 떨어지듯 열 명이 넘는 인원이 하늘에서 떨어져 내리자 괴물과 전투를 벌이고 있던 이들은 기뻐하면서도 의문을 가졌다.

"뭐하는 사람들인데 하늘에서 내려와?"

"콰우… 컥!"

대답을 한 것은 하늘에서 떨어진 일행들이 아닌, 난전을 벌이고 있던 어글리 베어들이었다.

갑자기 등장한 이들을 향해 발톱을 휘두르던 어글리 베어들은 덩치에 어울리지 않게 몇 대를 얻어맞는 것만으로 절명했다.

2차 각성으로 메인 스킬인 증폭과 감쇄가 각성한 윤태수는 더욱 밝아진 빛의 날개를 빛내며 전장을 누볐다.

"감쇄!"

그의 손이 가리킨 어글리 베어는 마치 저주에라도 걸린 듯 움직임을 멈추었고, 윤태수는 손쉽게 어글리 베어의 목을 따 버렸다.

증폭을 통해 빨라진 윤태수와 감쇄에 걸려 느려진 어글리 베어.

결과는 학살이었다.

세 떨거지 또한 각성한 메인 스킬로 실력을 뽐냈다.

세 사람은 각자의 능력을 유감없이 발휘하며 전장을 휩쓸었고, 그들의 뒤에 선 홍서현은 쉴 새 없이 가이아의 축복을 종류별로 걸어주었다.

"하앗!"

자신을 향해 달려드는 어글리 베어의 공격을 막아낸 김민희가 반격을 하려는 순간 땅바닥에서 솟아난 날카로운 창이 어글리 베어를 꿰뚫어버렸다.

안지혜의 도움이었다.

김민희는 방패에 튄 피를 털어낸 뒤 전장을 살폈다.

"…할 게 없네."

김민희 또한 강해지긴 했지만 메인 스킬의 특성상 눈에 띌 정도로 달라진 점은 없었다.

그간 별다른 활약을 보이지 않았던 이남정 또한 두 개의 너클을 양 주먹에 착용한 뒤 날아다니고 있었다.

그의 메인 스킬은 '몸놀림.'

마치 프로 복서와 같은 몸놀림으로 어글리 베어의 약점인 코를 박살 내며 일격일살이 무엇인지를 보여주고 있었다.

김민희가 전장을 살피는 사이, 이서윤이 그녀에게로 다가와 말했다.

"할 게 없지?"

김민희는 어색한 미소를 띠며 대답했다.

"하하… 저는 공격보단 방어가 어울리나 봐요."

리치를 상대할 때, 김민희가 보여준 방어 능력은 타의 추종을 불허할 정도였다. 그 이야기를 들어 알고 있는 이서윤은 고개를 끄덕인 뒤 말했다.

"저 사람들은 아주 신났네."

전투 계열이 아닌 홍서현까지도 세 사람을 따라 뛰어다니며 어글리 베어를 상대하고 있었다.

길드의 주축이라 할 수 있는 신혁돈과 윤태수는 날아다니고 있었다.

"혁돈 아저씨가 말한 대로, 강해질 기회니까요."

"난 그런 거에 별로 관심 없는데……."

"아, 언니, 마법진 스킬도 각성했겠네요. 어때요?"

방금까지만 해도 지루한 눈을 하고 있던 이서윤의 눈이 반짝였다.

"어서 돌아가서 실험하고 싶은 게 한두 가지가 아니야. 넌 어때?"

"전 더 단단해졌어요. 이러다 늙어 죽지도 못하는 거 아닐까 싶어요."

"…그거 좋은데? 민희야, 언제 한 번 피부 샘플 좀 줄 수 있어?"

방금보다 이서윤의 눈이 더욱 빛나고 있었다.

김민희는 헛웃음을 흘리며 고개를 끄덕인 뒤 다시 전장으로 고개를 돌렸다.

"아, 혁돈 아저씨, 화이트 홀에 들어가셨나 봐요."

그녀의 말대로 신혁돈의 모습이 보이지 않았다.

"종화 씨도 갔나 보네."

"아, 그러네요."

"우린 다친 사람들이나 돌봐주자."

"좋은 생각이세요."

김민희와 이서윤이 전투로 다친 사람을 돌보는 사이, 전투가 마무리되었다.

"가… 감사합니다."

그들이 나타난 지 30분도 지나지 않아 산을 가득 채우고 있던 백여 마리의 어글리 베어가 정리되고 화이트 홀이 클리어되었다.

수도권 지역이 아닌 아랫지방이었기에 길드들이 모여 있지 않았고, 안성의 수비를 맡은 길드가 도착했을 때는 이미 어글리 베어들이 산중턱까지 내려온 상태였다.

산을 봉쇄한 뒤 화이트 홀이 나타난 산등성이 근처로 몰아놓긴 했으나 반항이 거센 데다 워낙 수가 많아 처리가 힘들던 상황.

지원마저 늦어져 절망적인 상황이 계속되던 때 하늘에서 구세주가 나타난 것이었다.

"다 찍었죠?"

"그럼요."

바리케이드 밖에서 카메라를 들고 있던 카메라맨과 리포터가 서로 사인을 주고받았다.

"거대한 새를 타고 날아와 하늘에서 떨어지는 부분부터 화이트 홀이 붕괴되는 장면까지 다 찍었습니다."

"그럼 바로 인터뷰를 따러 갈게요."

이제 막 화이트 홀이 정리되어 어수선한 틈을 타 리포터와 카메라맨이 바리케이드 안쪽으로 진입했다.

그 지역을 맡고 있던 길드원들이 나서서 길을 막았지만 리포터는 필사의 집념을 발휘하며 소리쳤고, 리포터의 질문마저 막을 순 없었다.

"누구십니까!"

그 질문에 리포터를 막고 있던 길드원들의 손이 느슨해졌다.

그들 또한 궁금한 것이다.

갑자기 하늘에서 나타나 압도적인 무위를 발휘하며 자신들을 구해준 이들의 거적때기들의 정체가.

거적때기들의 시선이 신혁돈에게로 집중되었다.

그러자 자연스레 모든 이의 시선이 신혁돈에게로 집중되었고, 이윽고 신혁돈의 입이 열렸다.

"우리는… 패러독스입니다."

* * *

전 세계에 화이트 홀이 나타났다.

화이트 홀이 나타난 첫날.

전 세계적으로 백여 개가 넘는 화이트 홀이 나타났지만 더 가드의 말에 반쯤 대비하고 있던 이들은 큰 피해 없이 막아냈다.

기적!

이 두 글자로밖에 표현할 수 없는 일이 벌어진 것이다.

만약 아무런 대책 없이 화이트 홀이 생겨났다면 수많은 일반인이 죽고 다쳤을 것이며, 계산할 수 없을 만큼의 재산 피해가 발생했을 것이다.

더 가드의 말을 반신반의하던 이들, 믿지 않던 이들, 믿고 대비하던 이들 모두 더 가드와 패러독스를 최고의 길드, 인류가 감사해야 할 길드라며 칭송하기 시작했다.

외신은 물론이거니와 모든 언론이 화이트 홀 이야기를 해대며 더 가드와 패러독스를 칭찬했지만 정작 그 칭찬을 받아야 할 길드는 눈코 뜰 새 없이 바빴다.

더 가드가 서울을 마크하는 사이, 패러독스는 전국을 날아다니며 모든 화이트 홀을 제거했다.

다행히도 첫날 나타난 화이트 홀 중에서 신혁돈의 능력으로 커버가 불가능한 화이트 홀은 없었고, 모든 화이트 홀을 제거할 수 있었다.

늦은 아침, 밤새 돌아다니며 화이트 홀을 제거했기에 늦게 잠이 들었던 윤태수는 까치집을 하고 일어나 TV를 틀었다.

"난리가 났네……."

온통 패러독스에 관한 이야기뿐이었다.

정의의 사도, 이 시대에 진정한 구원자, 슈퍼 히어로의 등장… 낯간지러운 이야기들이 채널을 돌릴 때마다 나오고 있었다.

뿔 달린 검은 투구를 쓴 신혁돈과 빛의 날개를 뿜고 있는 윤태수과 화제를 넘어 대스타가 되어 있었다.

얼굴이 노출되지 않은 신혁돈과는 다르게 거적때기를 쓰고 있던 탓에 얼굴을 공개한 모든 패러독스의 길드원들은 별명까지 붙어 불리고 있었다.

"…빛의 전사라니……."

윤태수의 별명은 빛의 전사.

마침 거실로 들어오던 고준영이 물을 따르며 TV로 시선을 던졌고 헛웃음을 흘렸다.

"좋은 아침입니다. 빛의 전사 형님."

"오냐, 쾌검."

"…전 쾌검입니까?"

"그래."

90년대 무협지에나 나올 법한 별명이었지만 그조차도 마음에 드는지 고준영은 헤죽거리며 웃었다.

"혁돈 형님은 뭡니까?"

"흑기사, 검은 뿔의 왕자, 뭐 등등."

"푸하하하하! 작명 센스들 하고는……."

윤태수와 고준영이 TV를 보는 사이 패러독스의 길드원들이 하나둘씩 거실로 모였고, TV를 시청하며 각자 끼니를 때우기 시작했다.

어느 채널을 틀던 패러독스의 이야기가 계속되었다.

그도 그럴 것이 전국을 날아다니며 화이트 홀이란 화이트 홀은 전부 붕괴시켰으니 그럴 법도 했다.

"우리 강해지자고 화이트 홀 없앤 걸 알면 저 사람들이 배신감을 느낄까요?"

김민희의 물음에 윤태수가 대답했다.

"좋은 게 좋은 거지, 우리가 우리만 좋자고 한 일은 아니잖아?"

김민희는 고개를 끄덕였다.

결국 자신들이 강해지는 이유는 마신 그리드를 제거하고 지구상의 모든 차원문을 없애는 일이다.

자신들이 강해지는 이유 자체가 사람들을 위하는 것이라 볼 수도 있으니 윤태수의 말이 맞다고 생각한 김민희가 소파에 기대며 말했다.

"오늘도 화이트 홀 청소하러 다니겠죠?"

김민희의 물음에 잠이 덜 깨 멍하니 앉아 있던 이들의 얼굴에 음영이 드리웠다.

“차원문 나오면 좀 쉴 줄 알았더니… 어째 더 바쁘네.”

“그래도 국민적, 아니, 전 세계적 영웅이 됐잖아요. 전 아직도 제 얼굴이 TV에 나오는 게 안 믿기는데.”

“예, 그레이트 쉴더님.”

“…그건 뭐예요?”

“네 별명.”

“맙소사…….”

모두가 헛웃음을 흘리는 사이 신혁돈이 거실로 들어왔다. 그는 샤워까지 마쳤는지 멀끔한 모습으로 수건을 목에 두르고 있었다.

“…설마 벌써 나가야 합니까? 이제 일어났는데?”

“아니.”

“오… 감사합니다.”

그의 말에 윤태수가 양손을 모으고 기도하는 제스처를 취했다. 그러자 신혁돈이 말했다.

“넌 지금 나가야 되니까 씻고 와라.”

“…저만 말입니까?”

신혁돈은 대답 대신 고개를 끄덕이고선 냉장고에서 맥주를 꺼내들었다.

“…지금 갑니까?”

“10분 주지.”

윤태수는 혀를 차며 욕실로 향했고 소파에 반쯤 누워 있던 백종화가 제대로 앉으며 물었다.

"어디 가십니까?"

"더 가드. 처리할 일이 있다."

백종화는 무언지 물어보면 대답해 줄까? 하는 눈빛으로 안지혜를 바라보았고, 안지혜가 고개를 젓자 백종화는 다시 누웠다.

맥주 한 캔을 원 샷한 신혁돈은 캔을 구겨 버린 뒤 말했다.

"돌아오면 출발할 거니까 준비하고 있어라."

"…예에."

냉장고에서 맥주를 한 캔 더 꺼낸 신혁돈이 소파에 앉자 홍서현이 물었다.

"이거, 다 의도한 거야?"

"뭘."

"언론 반응. 아무리 영웅이 필요할 정도로 막나가는 시대라곤 하지만 이건 말이 안 되는 반응이잖아. 안 그래요들?"

다른 이들이 고개를 끄덕이며 동의했지만 신혁돈은 별다른 반응이 없었다. 그러자 홍서현은 커튼이 쳐져 있는 창문으로 다가가 커튼을 걷었다.

그 순간.

플래시가 터지기 시작했다.

"다들 저거 봤어요? 나는 무슨 전쟁 난 줄 알았어."

창문 밖에 보이는 담장 위로 머리와 카메라들이 빼곡히 올라와 있었다.

누군가 나타나기라도 하면 당장에라도 달려들어 물어뜯을 준비를 하는 하이에나와도 같은 모습이었다.

그녀의 말에 고준영이 고개를 끄덕이며 대답했다.

"맞습니다. 아침에 초인종이 어찌나 울려대는지 잠을 잘 수가 없어서 선 끊었습니다."

그러자 이서윤이 놀란 표정으로 고준영을 바라보았다.

"남의 집 초인종을 왜… 아니다, 잘했어요."

만약 지금까지 쉴 새 없이 초인종이 울리고 있었다면 이서윤이 나서서 뜯어버렸을 것이다.

홍서현은 다시 커튼을 쳐서 창문을 가렸다.

그때 바깥 상황을 모르고 있던 김민희가 물었다.

"근데 의외로 조용하네요? 저만큼 사람이 많으면 시끄러울 만도 한데."

그녀의 말에는 홍서현이 미소를 지으며 대답했다.

"밖에 도시락이 있거든. 누가 소리라도 지르면 잡아먹을 듯이 얼굴을 들이밀던데."

"아하."

어지간한 건물만 한 괴물이 그르렁거리며 얼굴을 들이민다면 각성자들이라도 겁을 먹을 수밖에 없다.

"아니, 이게 중요한 게 아니지. 다 의도한 거 맞아?"

"시끄럽다."

"뭐만 하면 '시끄럽다' 아주 아저씨의 표본이야……."

신혁돈의 반응에 홍서현이 중얼거리며 신혁돈의 목소리와 무표정한 얼굴을 따라하며 중얼거렸고 그녀의 모습을 본 이들이 웃음을 터뜨렸다.

그때 수염을 깎은 윤태수가 거실로 들어왔고, 그 모습을 본 신혁돈이 일어섰다.

"그럼 가지."

"아, 그런데 설마 도시락 데려갈 거 아니지? 두고 가야된다!"

신혁돈은 대답도 하지 않고 거실을 나섰고 그의 뒤로 무슨 일인지 모르는 윤태수가 뒤를 따랐다.

*　　　*　　　*

신혁돈은 홍서현의 간곡한 부탁에도 도시락을 타고선 더 가드로 향했다.

더 가드 빌딩에 도착한 신혁돈은 도시락을 작게 만든 뒤 건물로 들어갔다.

사막에서 얻은 워해머의 무게가 너무 많이 나갔기에 몸에 메고 다닐 수 있는 상황이 아니었고, 결국 신혁돈은 워해머를 손에 든 채 걷고 있었다.

신혁돈이 오고 있다는 사실을 들은 간수호는 1층까지 마중을 나와 있었고, 그의 모습을 보자마자 당황했다.

'왜 무기를 들고 다녀……?'

하긴, 원래 자기 멋대로 사는 사람이지.

대충 이해한 간수호는 안색을 싹 바꾸고는 박수를 치며 두 사람을 맞이했다.

"구국의 영웅들을 뵙습니다!"

과장된 반응에 신혁돈은 미간을 구겼고, 그의 반응을 살핀 간수호는 간신배 같은 웃음을 지으며 신혁돈의 옆에 서서 엘리베이터를 가리켰다.

"타시죠."

간수호가 엘리베이터를 잡고 있는 사이 신혁돈이 엘리베이터에 오르고 윤태수가 발을 디디려는 순간.

삐—

엘리베이터가 만원을 알리는 불을 켜며 경고음을 울렸다

"…이게 왜 이래?"

간수호가 의아한 얼굴을 하며 엘리베이터를 살폈다.

신혁돈 또한 엘리베이터의 닫힘 버튼을 눌러보았지만 그래도 엘리베이터는 움직이지 않았다.

이상함을 느낀 신혁돈이 엘리베이터에서 나온 순간.

만원을 알리는 불과 소리가 동시에 꺼졌다.

"…신혁돈 씨? 혹시 몸무게가 500kg가 넘으십니까?"

"…아."

신혁돈의 시선이 자신의 손에 들려 있는 워해머로 향했다. 그러자 엘리베이터 소동에 집중되어 있던 시선이 모두 워해머로 쏠렸다.

"이것 때문이군."

신혁돈은 들고 있던 워해머를 바닥에 내려놓았다.

쿵!

분명 살짝 내려놓았음에도 땅이 울렸다.

윤태수를 비롯한 모든 이들의 미간에 주름이 졌다.

"…저게 뭐야?"

모두의 공통된 생각.

워해머를 내려놓은 신혁돈이 다시 엘리베이터에 탑승했다.

이번엔 만원 신호가 뜨지 않았다.

"…맙소사."

신혁돈과 워해머를 번갈아 바라보던 간수호가 워해머를 가리키며 말했다.

"이거, 들어봐도 됩니까?"

"할 수 있으면 해보십시오."

묘하게 자존심을 건드는 말투에 간수호는 들고 있던 태블릿 PC를 바닥에 내려 둔 채 소매를 걷어붙였다.

그리고 워해머의 손잡이를 쥔 뒤 들었다.

"흐으읍!"

워해머는 꿈쩍도 하지 않았다. 간수호는 워해머의 손잡이를 놓은 뒤 말했다.

"하하… 이거 무겁네요."

그리곤 다시 손잡이를 쥔 뒤 이번에는 에르그 에너지를 끌어 올린 뒤 워해머를 들었다.

워해머는 꿈쩍했다.

말 그대로 꿈쩍.

"끄으윽!

1㎜나 움직였을까, 결국 간수호는 터질 듯 붉어진 얼굴로 워해머의 손잡이를 놓았다.

그리고 걷었던 소매를 내리고, 바닥에 내려놓았던 태블릿 PC를 주워들며 말했다.

"…가시죠. 길드 마스터님 기다리시겠네."

신혁돈은 미소를 지었고 그 뒤에서 워해머의 손잡이를 바라보던 윤태수는 묘하게 끓어오르는 호승심을 꾹 누른 채 엘리베이터 올랐다.

그러자 간수호가 열림 버튼을 누른 채 워해머를 가리키며 말했다.

"이건 두고 가실 겁니까?"

"어차피 아무도 못 가져갈 거 같은데 두고 가죠."

간수호는 동의한다는 듯 고개를 끄덕이고선 닫힘 버튼을 누르고 말했다.

"혁돈 씨."

"예."

"저거 한 손으로 들고 계시지 않았습니까?"

"맞습니다."

"…다른 사람은 못 드는 그런 제약이 걸려 있는 아이템입니까?"

"그냥 무거운 겁니다."

"에이, 허세는."

신혁돈의 몸무게가 100kg라고 쳤을 때, 워해머의 무게가 400kg 가까이 된다는 소리다.

그걸 한 손으로 들고 있는다?

말이 되지 않는 소리다.

속으로 자기 합리화를 하던 간수호는 신혁돈의 얼굴을 바라보았다.

이 인간은 허세를 부릴 인간은 아니다.

'진짜 400kg가 나가나……?'

간수호가 속으로 생각하는 사이 엘리베이터가 최상층에 도착했다.

길드 마스터 사무실의 문을 열고 들어가자 환해진 얼굴의 조훈현이 두 사람을 맞이했다.

"어서 오십시오!"

"…예."

한 템포 느린 대답.

조훈현의 이미지가 다른 사람이 된 듯 달라져 있었다. 신혁돈은 그 이유를 찾기 위해 그의 얼굴을 자세히 살폈고 곧 깨달았다.

'…가발인가.'

인사를 마친 네 사람이 소파에 앉자 조훈현이 먼저 입을 열었다.

"일단 감사합니다. 이제는 어디를 가셔도 감사하다는 말을 들으시겠지만 그중 가장 진실되고 큰마음을 가진 사람은 바로 저일 겁니다. 장담하죠."

조훈현은 사람 좋은 미소를 띄며 허허하고 웃었다.

그도 그럴 것이 패러독스를 통해 더 가드가 화이트 홀을 예견한 덕에 대한민국의 1위 길드였던 더 가드는 전 세계에 이름을 알리게 되었다.

"덕분에 전 세계에서 더 가드, 그리고 패러독스를 모르는 사람이 없어졌습니다. 다시 한 번 감사드립니다."

신혁돈은 짧게 고개를 끄덕인 뒤 말했다.

"말보단 돈, 그리고 아이템으로 하는 감사가 더 와 닿지 않겠습니까."

신혁돈의 직설적인 말에 잠깐 당황했던 조훈현은 대차게 고개를 끄덕이며 말했다.

"하하하, 그럼요. 원하시는 것이라면 무엇이든 제공해 드릴 수 있습니다."

이번 일로 더 가드가 얻은 광고 효과는 돈으로 살 수 없을 정도다.

앞으로도 신혁돈이 더 가드와 함께해 주기만 한다면 더 가드 빌딩의 뿌리를 뽑아서 준다 한들 이득이다.

“필요한 게 생기면 말씀드리죠. 일단 그것보다 먼저 해주실 일이 있습니다.”

“예, 말씀하시지요.”

“전에도 말씀드렸지만 저희는 앞으로 나설 생각이 없습니다. 그러니 대외적인 일은 더 가드가 맡아주실 수 있으십니까?”

“당연하죠.”

신혁돈의 말이 끝나기도 전에 조훈현의 입꼬리는 벌써 올라가고 있었다.

“그럼 본론으로 들어가서, 두 가지 큰 사안이 있습니다.”

큰 사안.

조훈현이 마른 침을 꿀꺽 삼켰다.

신혁돈이 처음 말을 꺼냈을 때 최태성을 파멸시켰고, 두 번째에는 최태성이 죽었다.

세 번째에는 마이더스가 멸망했으며, 네 번째로는 화이트홀이 열렸다.

한데 두 가지 큰 사안이라니.

조훈현은 떨리기 시작하는 손을 꾹 잡아 가린 채 물었다.

“어떤… 사안입니까?”

윤태수 또한 신혁돈이 어떤 말을 할지 몰랐기에 신혁돈을 제외한 세 사람의 시선이 신혁돈의 입에 고정되었다.
이윽고 신혁돈의 입이 열렸다.
신혁돈은 여느 때와 다름없이 덤덤한 목소리로 입을 열었다.
"일단 첫째, 화이트 홀이 나타나고 30일, 하루가 지났으니 이제 29일 뒤 그레이트 화이트 홀이 열릴 겁니다."
"그레이트 화이트 홀……."
조훈현은 신혁돈이 한 말을 이해하기 위해 그의 말을 따라 하며 고개를 끄덕였다.
"예, 이름만 들어도 아시겠지만, 거대한 화이트 홀입니다. 쉽게 말하자면 보스급 화이트 홀이라 생각하시면 됩니다."
"한 달이라는 시간이 무슨 의미가 있는 겁니까?"
"정확하진 않습니다. 화이트 홀이 나타나며 지구의 에르그 에너지 분포량이 늘어나고 보스급 괴물들이 활동 가능한 정도가 되었을 때 그레이트 화이트 홀이 열리게 되는데, 그게 한 달쯤 뒤라 예상하는 겁니다."
저반 삶에서는 그레이트 화이트 홀이 나타나기까지 23일이 걸렸다.
화이트 홀이 나타나는 것을 아무도 예상하지 못했기에 초동 대처가 늦었고, 화이트 홀을 모두 정리하는 데 엄청난 시간이 걸렸다.
첫날 나타난 화이트 홀을 23일이 지날 때까지 정리하지 못한 지역도 있었다.

그렇기에 화이트 홀에서 넘어오는 에르그 에너지양이 훨씬 많았고, 그레이트 화이트 홀이 나타나는 시간이 짧아진 것이다.

이번엔 다르다.

화이트 홀이 나타나자마자 지구상의 모든 각성자가 달려들어 없애버렸으니 지구로 유입된 에르그 에너지의 양이 훨씬 적을 수밖에 없고, 그레이트 화이트 홀이 나타나는 시기가 늦춰질 것이다.

신혁돈이 예상하는 기간은 한 달.

그의 설명을 들은 조훈현이 신음을 흘렸다.

화이트 홀을 성공적으로 막아낸 것만으로도 더 가드의 위상이 하늘을 찌른다.

그런데 그레이트 화이트 홀까지 막아낸다면?

'전 세계에서 가장 잘나가는 길드가 될 수도 있다…….'

지금만 하더라도 한국을 넘어 전 세계의 각성자들이 더 가드에 가입하길 희망하고 있으며 여러 기업에서 스폰서 제의가 들어오고 있다.

'꿈이 아니야.'

조훈현은 마른 침을 꿀꺽 삼키며 물었다.

"으음… 그레이트 화이트 홀에서는 어떤 몬스터가 나오는지 알고 계십니까?"

"그것까진 알 수 없습니다만, 한 가진 확실합니다. 거의 대부분의 그레이트 화이트 홀에서는 한 마리의 보스 몬스터만

나옵니다."

신혁돈의 대답을 들은 윤태수가 미간을 찌푸리며 물었다.

"거의 대부분이라 하심은… 그레이트 화이트 홀이 하나가 아니라는 뜻이십니까?"

"맞다. 한 달 혹은 그보다 짧은 주기로 계속해서 나타나겠지."

"맙소사… 그놈들은 얼마나 강합니까?"

"매우."

매우 강하다.

말로는 체감이 되지 않았다.

신혁돈의 말을 듣고 있던 간수호가 물었다.

"매우라… 예상이 잘 안됩니다만."

"더 가드의 공격대원 전부가 달라붙어도 힘들 겁니다."

"…그럼 어떻게 합니까?"

허무맹랑함의 끝을 달리는 말이었다.

그레이트 화이트 홀이니, 더 가드의 공격대원 전부가 달려들어도 힘들 것이라는 둥.

신혁돈이 아닌 다른 누군가가 말했다면 코웃음을 치며 가까운 정신병원의 전화번호를 검색해 알려줄 것이다.

하지만 믿지 않을 수 없는 노릇.

말을 한 사람이 신혁돈이기 때문이다.

신혁돈이 지금까지 한 말은 모두 현실로 나타났고 그가 하고자 한 일은 모두 이루어졌다.

조훈현이 입술을 씹고 있는 사이 신혁돈이 대답했다.

"걱정하실 필요 없습니다. 첫 그레이트 화이트 홀에서 나오는 보스 몬스터는 우리 패러독스가 사냥할 겁니다. 모든 것을 영상으로 찍은 뒤 배포할 생각이니 그것을 보고 다음 그레이트 화이트 홀을 대비하시면 됩니다."

큰 사안.

이것이 바로 신혁돈이 말한 큰 사안이었다.

"그게… 그게 가능합니까?"

신혁돈은 여전히 덤덤한 얼굴로 고개를 끄덕였고 조훈현은 다리를 떨기 시작했다,

"잠깐… 정리 좀 해보겠습니다. 그러니까 한 달 안에 그레이트 화이트 홀이라는 것이 나타날 것이고, 거기선 '매우' 강한 괴물이 등장할 겁니다. 그리고 더 가드는 보스를 잡을 힘이 없기 때문에 그것을 패러독스가 처리한다는 거 맞습니까?"

"예."

조훈현이 간수호를 바라보았다. 두 사람이 서로를 바라본 순간, 두 사람의 머리가 팽팽 돌기 시작했다.

신혁돈이 이런 말을 꺼냈다는 것은 필히 더 가드에 원하는 것이 있기 때문일 것이다.

그가 요구 조건을 이야기하기 전, 미리 파악해 더 가드에 최대한 이득이 되는 쪽으로 이야기를 전개해 나가야 한다.

신혁돈의 말이 사실이고, 그의 말대로 진행이 될 것이라 하

면 더 가드는 패러독스가 독주하는 것을 지켜볼 수밖에 없다.
"그게 첫 번째 사안이십니까?"
"그렇습니다."
지금 당장 생각나는 것은 신혁돈이 말한 대로 대외적인 일을 더 가드가 맡아주는 것이다.
하지만 견물생심이라, 욕심이 나지 않을 수 없다.
만약 더 가드가 패러독스 대신 그레이트 화이트 홀에서 나타난 보스를 처리할 수 있다면?
조훈현이 입술을 씹으며 신혁돈을 바라보자 신혁돈이 조훈현의 눈을 바라본 채 말했다.
"다시 한 번 말씀드리지만, 더 가드는 그레이트 화이트 홀을 막을 수 없습니다."
마치 속내를 들킨 듯 의표를 찌르는 말에 조훈현이 어색한 미소를 띠었다.
그 순간 신혁돈의 동공이 세로로 죽 늘어나며 마치 맹수와도 같은 눈이 되었다.
마치 먹잇감이 된 것과도 같은 공포!
포식자의 눈이 발동된 것이다.
조훈현은 온몸에 소름이 돋는 것을 느끼며 눈을 감고 고개를 흔든 뒤 다시 신혁돈의 눈을 바라보았다.
언제 맹수의 눈을 했냐는 듯, 신혁돈의 눈은 정상인의 그것과 다를 것 없는 눈을 하고 있었다.

조훈현은 마른 침을 삼키며 대답했다.

"예, 혁돈 씨가 그렇다면 그런 것이겠죠."

반대급부도 생각해야 한다.

패러독스보다 먼저 그레이트 화이트 홀을 선점했다 실패한다면?

황금 알을 낳는 거위의 배를 자기 손으로 찢는 셈이 되고 만다.

조훈현은 보일 듯 말 듯 천천히 고개를 끄덕였다.

그런 우를 범할 정도로 멍청하진 않다.

"그럼 저희 더 가드가 무엇을 해드리면 되겠습니까?"

되도 않는 욕심을 부려 독식을 하려다 배가 터져 죽는 수가 있다. 애초에 더 가드를 설립한 이유가 무엇인가.

각성자들을 모아 일반인들을 지키고 차원문을 없애자는 게 더 가드의 설립 이념이다.

순간 욕심을 부렸던 조훈현은 생각을 떨쳐 버리고선 신혁돈에게 물었다.

"그게 두 번째 사안입니다. 더 가드가 해주실 일은 대외적인 일과 정보의 통제입니다. 화이트 홀이 열렸을 때처럼 다른 이들은 큰 틀만 알고 있으면 됩니다. 세세한 정보의 통제는 더 가드와 패러독스가 합니다."

신혁돈의 말을 들은 조훈현의 미간이 좁아졌다.

더 가드의 이름을 붙여주긴 했지만 실상 더 가드의 행동을 조종하는 이는 신혁돈이나 다름없다.

그 사실을 알고 있지만 기분이 나쁘다거나 반발심이 들진 않았다.

어쨌거나 그의 말을 따르는 것만으로 엄청난 이득을 보고 있기 때문.

표정을 푼 조훈현이 물었다.

“어떤 식으로 하면 되겠습니까?”

“정보를 흘리십시오. 지구상에 에르그 에너지의 총량이 많아지고 있다, 화이트 홀에서 나오는 괴물들이 강해지고 있다, 곧 강한 괴물이 나타날 것 같다. 그리고 우리는 그들을 탐지할 힘을 기르고 있다. 이 정도면 되겠군요.”

조훈현이 손가락으로 테이블을 두들겼다.

자신이 알고 있는 사실을 이용해 마치 예언처럼 모두에게 퍼뜨린다.

그리고 그것이 현실로 일어나면?

미리 알고 있던 자는 예언자가 되는 것이고, 앞으로 하는 모든 행동에 신빙성이 생기는 것이다.

신혁돈은 정보가 가진 힘을 극도로 보여주고 있었다.

조훈현은 자신도 모르게 소름이 돋은 뒷목을 문지르며 물었다.

“도대체… 이 모든 정보를 어떻게 알고 계신 겁니까?”

“어떻게 아는가보다는 어떻게 이용할 것인가가 중요하지 않겠습니까?"

맞는 말이다.

그가 어떻게 알고 있는지는 신혁돈이 적으로 돌아서지 않는 이상 자신이 상관할 바가 아니다.

'적으로 돌아서게 둘 생각도 없고…….'

조훈현은 고개를 끄덕인 뒤 말했다.

"알겠습니다. 모든 정보의 출처는 패러독스라고 발표하면 되겠습니까?"

신혁돈이 윤태수를 바라보았다.

모두의 관심과 시선을 얻고 영웅으로 추대받는 방법은 쉽다.

그런 것에 관심이 없던 신혁돈이 판을 짜서 이만큼 만들 수 있을 정도로.

하지만 그 인기를 이용하고, 어느 선에서 멈추어야 하는지까지는 모른다. 그렇기에 윤태수를 바라본 것이다.

갑자기 신혁돈의 시선을 받은 윤태수는 그의 의도를 눈치채고 고개를 끄덕이며 말을 받았다.

"예, 언급은 최소화해 주시되, 출처는 확실히 밝혀주십시오."

"알겠습니다. 그럼 더 필요하신 건?"

신혁돈은 고개를 젓자 윤태수가 말했다.

"혹시 기자들이나 언론인들이 집 밖까지 못 오게 하는 방법 없습니까?"

"그건 저희도 어찌할 수가 없습니다. 겉으로는 언론의 자유가 있는 나라인지라…….”

윤태수가 아쉬운 듯 혀를 찼고 이야기가 얼추 마무리되자 간수호가 지금까지 들고 있던 태블릿 PC를 내려놓으며 말했다.

“발표는 언제가 좋을까요?”

“일주일 뒤에 하시면 됩니다.”

“그때가 무슨 날인가요?”

“예.”

신혁돈의 화법에 어느 정도 익숙해진 간수호는 굳이 뒷말을 묻지 않고 고개를 끄덕였다.

말해줄 것이었다면 언젠가 말했겠지.

“그럼 일주일 뒤 기자회견을 열어 알리도록 하겠습니다.”

조훈현이 손을 건넸고 신혁돈과 악수를 한 뒤 자리에서 일어섰다.

“앞으로도 잘 부탁드리겠습니다. 그리고 감사합니다.”

조훈현과 간수호가 다시 한 번 인사를 건넸고, 신혁돈은 예, 하는 짧은 대답을 한 뒤 길드 사무소를 나섰다.

* * *

도시락을 타고 아지트로 돌아가는 길.

곰곰이 생각에 잠겨 있던 윤태수가 허리를 일으키며 물었다.

“제 생각에는 말입니다, 형님이 더 가드에 말한 것보다 많은 것을 알고 있을 것 같은데 말입니다."

"그래서?"

"일단… 그레이트 화이트 홀의 위치와 시간까지 정확히 알고 계시는 거 같습니다."

"반은 맞췄군."

"위치입니까?"

신혁돈이 고개를 끄덕였고 윤태수가 말을 이었다.

"위치라… 알겠습니다. 그리고 일주일 뒤라 하셨는데 그때 무슨 일이 있는 겁니까?"

신혁돈은 대답 대신 윤태수의 눈을 바라보았다.

네가 답을 알고 있지 않느냐 하는 익숙한 눈빛에 윤태수는 생각에 잠겼다.

신혁돈이 말한 일주일이라는 기간은 화이트 홀을 정리하며 최대한 에르그 에너지를 모으는 시간일 것이다.

그렇게 강해지면서까지 해야 할 것.

윤태수가 중지와 엄지로 딱 소리를 내며 말했다.

"그거… 뭐냐, 세 개의 문을 가는 겁니까? 아이가투스의 차원?"

"그렇지."

윤태수는 정답을 맞추었다는 기쁨보다 쉬지도 못하고 또다시 전투를 해야 한다는 사실에 한숨을 내쉬며 물었다.

"…돌아가면 바로 화이트 홀 정리하러 가실 거 아닙니까?"

"맞아."

"그럼 저희는 언제 쉽니까?"

신혁돈은 무슨 그런 것을 물어보냐는 눈으로 윤태수를 위아래로 훑었다. 그리곤 도시락의 등 위에 편히 앉아 있는 윤태수를 턱짓으로 가리키며 말했다.

"지금 쉬고 있는 거 아닌가?"

그럼 그렇지.

이 양반은 휴식이라는 단어의 정의를 모르는 게 분명하다.

윤태수는 깊은 한숨을 내쉰 뒤 도시락의 깃털에 기댄 뒤 눈을 감았다.

『괴물 포식자』 5권에서 계속…